10
ネコ光一
U0028706
WORLD
異世界式教育特務
TEACHER

CONTENTS

Illust：Nardack

《序章》

此刻，我們所在的阿德羅德大陸，有座占據地表一半面積的遼闊森林。

廣大的森林裡有許多魔物，是會讓人迷失方向的自然迷宮，一般人類想在裡面生存非常困難。

雖然我認識某位變態劍士，在森林中開闢出一片空地定居下來，但那可以說是例外吧。

菲亞的故鄉妖精村，就位在那樣的森林深處。

然而……菲亞無法回去。

為了見約定好等時機成熟再會的我，她當初違反妖精的規矩，離開了故鄉。

詳情我並不清楚，但菲亞說過，照理她得等一百年以上……至少在我還活著的期間都沒辦法回去。

而我們的下一個目的地，正是菲亞的故鄉——妖精村附近。

我們在經過維護的街道上前進，聽從菲亞指示，於途中彎進未鋪路的森林。

馬車當然不方便在林中行駛，所以我們半途下車，仔細地將它藏匿起來。

行李盡量少帶，重物有北斗幫忙背，因此我們可以不受阻礙地移動。

森林雖然會擾亂人的方向感，我們有身為森林之民的妖精菲亞幫忙帶路，完全不用擔心迷路。

我們一面擊退不時來襲的魔物，一面在她的帶領下前進，過了兩天……看見橫貫森林的大河。

河邊沒有樹木生長，視野很好，我們便決定在這稍事休息。

我有點感慨，坐在大小適當的岩石上觀察周遭，坐到我旁邊的菲亞笑著問：

「欸，天狼星。你……記得這裡嗎？」

「嗯，真懷念。」

從一群惡棍手下救出菲亞後，我們在這裡向對方分享自己的能力，成為朋友。

那是將近十年前的事……時間過得真快。

我和菲亞最近才重逢，卻有種她已經陪了我好幾年的感覺。

「真不可思議。我們再會明明連半年都不到，卻覺得已經跟你在一起好多年了。可見這段時間我過得有多麼愉快。」

「真巧。我也在想同樣的事。」

「呵呵，之後會更愉快對吧？我很期待喔。」

「那當然。」

我想像著遙遠的將來，和菲亞聊著天，發現艾米莉亞跟莉絲不知何時就好奇地看著這邊。

「啊……對不起。不小心把大家晾在一旁了。」

「不會，沉浸在回憶中並非什麼錯事。與天狼星少爺的回憶就更不用說了。」

「天狼星前輩和菲亞小姐，難道是在這裡相遇的？」

「正確地說是在森林裡，不過我們是在這個地方向對方分享祕密。」

於是，菲亞開始為艾米莉亞及莉絲述說我們相遇的過程。

雖然我之前就稍微說明過，來到現場會回想起更細節的部分，因此兩人聽得興味盎然。

菲亞高興地說著我教她如何飛行後有多麼感動，得知她看得見精靈後，我也將我會的特殊魔法告訴了她。

「天狼星就是在這裡打倒翼龍的。當時我只是呆呆看著他嬌小的背影，現在回想起來，說我的目光被他吸引住，或許更加貼切。」

「我懂妳的心情……！遇見天狼星少爺時看見的那個背影，至今我仍然能鮮明地在腦海中憶起。」

「我也一直忘不了他在迷宮裡和婚禮上來救我的模樣呢。」

我心不在焉地聽著她們的戀愛史，一邊燒熱水，練完劍的雷烏斯跑來問我：

「欸，大哥。你第一次見到菲亞姊的時候，對她是怎麼想的？」

「這個嘛……覺得她很漂亮，但我當時還小，沒有喜歡上她的感覺。」

「是喔。那跟我一樣嘛。」

「一樣？是指瑪理娜嗎？」

「不是，我有意識到我對瑪理娜和諾娃兒的感情。我是注意到我以前原來喜歡諾艾兒姊。」

「你說什麼？」

仔細想想，雷烏斯黏諾艾兒的程度，並不輸親姊姊艾米莉亞。

小男孩喜歡上大姊姊的情況十分常見，但雷烏斯並沒有表現出那個跡象，不僅如此，怎麼看他都只是把諾艾兒當成家人般喜愛。

也就是說，連他本人都未曾意識到這份心意，所以我們也沒發現。

「諾艾兒和迪結婚時，你有什麼感覺？」

「什麼感覺……當然是開心啊。因為我覺得諾艾兒姊就是要和迪哥在一起。」

這代表不只諾艾兒，雷烏斯對迪也抱持同樣的好感吧。

再加上與生俱來的單純個性，使他不明白男女之間的情愛，當時才沒體會到失戀這種情緒。

我百感交集，但不用看見極度沮喪或嫉妒的雷烏斯也不錯。

不……等等。

若是嘗過嫉妒與失戀的滋味，雷烏斯搞不好就不會長成這麼天然呆的男人？

「嗷嗚……」

「……乖乖。」

算了，事到如今，想這些也沒用。

如今雷烏斯已有瑪理娜和諾艾兒這兩位戀人，成長到能察覺對女性的感情的地步，這樣就好。

光想這些事便覺得莫名疲憊，因此我摸了摸湊到我身旁的北斗，穩定心神。

《前往妖精的森林》

在那之後，我們花了數日於森林中前進，終於抵達目的地。

鬱鬱蒼蒼的樹群突然中斷，彷彿在主張這裡就是分界線的這片草原，正是十年前我和菲亞分別的場所。

「喔!?樹突然消失了耶？」

「好神祕的地方喔。那麼多的樹木，到了這一帶竟然統統不長了。」

「聽說是受到包覆著村子出現的森林影響，才導致有這麼一塊區域。我的故鄉就在那座森林深處。」

菲亞指向草原對面，有座氛圍明顯別於其他森林的森林。

她簡單和我們說明過，那座森林似乎會即時偵測入侵者，設有能讓妖精以外的人迷路的結界。

不曉得是否受到結界影響，「探查」的反應異常遲緩。

我射出去的魔力，沒有正確地回傳反射波，或許是因為那座森林裡隨時都有魔力在流動。

無法查明內部狀況固然令人不安，但我們目前並不打算進入那座森林，應該用不著擔心。

「我第一次看到時就這麼覺得了，真的是座神祕的森林。」

「我們進去的話會怎樣呀？」

「這個嘛。會立刻迷失方向，在迷路期間被妖精包圍、襲擊吧。我不認為他們會聽逃出故鄉的我的話，所以絕對不可以進去喔。」

「可是天狼星前輩和菲亞小姐會飛，不能直接降落在村子裡嗎？」

「我實際試過，從空中看下去，除了樹木以外什麼都看不見，只會淪為妖精弓箭和魔法的活靶。」

「意思是上下兩邊都防得很嚴囉。那菲亞姊之後打算怎麼辦？」

「我想請風精靈幫我帶口信給爸爸，請他到森林的入口來一趟，可是不曉得他願不願意……」

菲亞不僅打破規矩，還違背對妖精而言絕對不容反抗的聖樹召集令。

這意謂著菲亞可說是罪人，她似乎因此對把家人叫出來一事有所顧慮。

「哎，沒必要急著決定。今天要在這邊紮營，趁這段時間仔細考慮吧。」

望向天空，太陽已經開始西斜，差不多該準備過夜。

就算現在找人出來，天也馬上就要黑了，我看今天還是先休息吧。

況且也不排除菲亞的父親會帶同伴攻擊我們，以防萬一，最好明天再說。

「嗯，我會在明天前決定。大家，對不起喔，其實我很想邀請你們到我家作客，但妖精十分排外，重點是我目前進不去村落。」

「我在路上見識了各種風景，很慶幸有來這邊一趟，所以妳別介意。」

「不用顧慮我們沒關係。我懂妳擔心家人的心情。」

「呵呵，謝謝。」

「既然討論出個結果了，大家開始分頭準備吧。」

眾人點頭同意，搬下北斗背上的露營道具後，迅速分配好工作。

「路上看過的那種看起來很好吃的鳥……不曉得還在不在？」

「附近沒有河川，奈雅卻很有精神呢。可能是因為樹木儲藏了不少水分。」

「幫我拉一下那邊。」

「這樣嗎？」

「天狼星少爺，今天要用到的量大約這些吧？」

雷烏斯再次進入剛才的森林，莉絲將用來煮菜及收拾善後的水注入攜帶式浴缸，剩下的人則著手搭建簡易帳篷。

搞定好今晚要睡的地方時，雷烏斯帶著獵物回來，我們便迅速動手料理，解決晚餐。

由於之後沒有其他事要做，儘管時間稍早，大家決定上床睡覺。

我們會輪流守夜，所以這個時間就寢剛好可以讓所有人獲得充足休息。

說實話，有比我們敏銳好幾倍的北斗在，根本不需要守夜，不過在戶外過夜時，只要沒有特殊理由，我們一定會留人看守。

有時可能會遇到北斗不在的情況，更重要的是不能太過依賴北斗。

「那我睡囉，大哥。」

「嗯，晚安。」

過了一會兒，我和負責看守的雷烏斯換班，坐到營火前，趴在附近的北斗往我背上靠過來。

輪到我守夜時，牠一定會像這樣當我的靠枕，真是可愛的傢伙。

我摸著北斗，仰望清澈的夜空發呆。

「異世界的星光看起來也一樣嗎……星星的位置倒是截然不同。」

「嗷嗚……」

「噢，我並非覺得寂寞。只是有點好奇這裡的星座。」

其實我想起了上輩子的徒弟，為了掩飾這點，我將柴火扔進火堆，這時理應在帳篷裡睡覺的菲亞走了出來。

還沒輪到菲亞守夜，不過看她這副模樣，八成是有話想跟我說。我點頭表示不用介意，菲亞笑著走到我旁邊。

「北斗，借靠一下喔。」

「嗷嗚……」

她徵求北斗的許可坐到我旁邊，將頭靠在我的右肩。

菲亞偶爾會這樣撒嬌，所以我隱約猜得到她希望我怎麼做。

我用右手摟住她的肩膀，菲亞滿足地笑著，用臉頰磨蹭我：

「呵呵……被你摸果然很讓人安心。」

「妳願意依賴我，我很高興，不過怎麼了嗎？」

「嗯……沒事耶？」

「喂。」

「開玩笑的。我有點……想太多了。」

菲亞帶著略顯憂鬱的表情，慢慢訴說自身的感受。

她似乎在擔心自己無視對妖精來說地位最崇高的聖樹的命令，會不會害父親受到懲罰。

「爸爸同時也是族長，以他的身分而言，不該接納逃出村莊的我。」

即使如此，菲亞的父親依然叫她選擇自己喜歡的道路，放任她離村，由此可

見，他無疑深愛著女兒。

然而，想到會直接遭到父親拒絕——儘管並非出於他的真心——菲亞仍舊感到害怕。

「我明白這一點，可是被家人否定實在有點……嗯。」

「……是啊。」

「啊，但我不後悔逃出村子喔。跟你……不對，跟兩位妹妹和弟弟一起旅行，真的很愉快。」

「很像妳會說的話。」

我懂她的心情，可是唯有這件事，必須由她自己釐清思緒，並且接受。

因此我盡量不插嘴，專心聽她說話，用摟著她肩膀的手輕撫她的頭，好讓她放鬆一些。

「妖精不是長壽卻出生率低嗎？所以很少有人看得見自己的孫子，我想說總有一天，讓爸爸看看我們的孩子。可是……等到我能回村的時候，你很可能已經不在了。」

「我也想正式向令尊打聲招呼，可惜有難度。」

至少在我活著的期間，菲亞犯下的罪難以得到寬恕，應該沒辦法帶小孩去見人家。

之後的話題從抱怨聖樹扯到她第一胎想生男孩，聊了一陣子，菲亞露出滿足的表情。

「呼……講出來後舒服多了。」

「那就好。再問妳一次，妳決定明天要怎麼辦了沒？」

「嗯。雖然有些猶豫，現在只要能確認他平安無事就好，所以我決定不叫我爸。」

「這樣真的好嗎？」

「因為沒必要找本人出來確認嘛。詳情等明天大家起床再說。」

既然這是她自身的決定，我也沒什麼好說的，所以我默默摟住菲亞。

聊著聊著，換班的時間逐漸接近……

「要不要去睡一下？離換班還有段時間。」

「嗯，放下心來後就有點睏了。我瞇一會，時間到了再叫我。」

「好。睡吧。」

「那就麻煩你囉……」

今天一整天都在走路，再加上心中的各種情緒得到排解，菲亞很快就睡著了。

「守夜時間延長。北斗，再陪我一下吧。」

「嗷。」

明天最辛苦的將會是菲亞，我決定代替她繼續守夜。

菲亞帶著天真無邪的表情沉沉睡去，我留意著別吵醒她，幫營火添加柴薪，撫摸北斗。

隔天早上……發生艾米莉亞羨慕睡在我身旁的菲亞，跑來咬我肩膀的事件。等大家都起床，便到了早餐時間。

今天的早餐是加入各種野草、香料燉的湯，以及每人三個小麵包。

分配好所有人的量後，我們喊完口令才開動，雷烏斯發現自己的麵包少了一個。

「咦？我的麵包怎麼……呃，大哥，你什麼時候拿的!?」

他慢了半拍才發現我的麵包變成四個。

這是我趁機從他的盤子裡摸來的，但我並不是想吃他的麵包，而是新的訓練方式。

「你太大意囉。手邊漏洞百出。」

「可惡……好難喔。」

我在訓練他連用餐時間也不疏忽，平時就會維持最低限度的戒備，留意周遭的氣息。

當然，隨時都要繃緊神經的話，不可能有辦法休息。

但我希望他用身體記住離徹底放鬆還差一步……也就是留有一絲戒心的感覺。

「一旦身體習慣，連休息時都能保護自己。慢慢來沒關係，一定要學會喔。」

說實話，這樣未免過於強人所難，不過我就是因為學會了這項技術，才能屢次從危機中倖存下來。

希望他最後能練到可以下意識對周圍的敵意做出反應，防禦……或是迎擊。

而且……我還算溫柔的。

我的師父不僅會拿走食物，還會用橡膠彈射我。在泡澡放鬆時被射中的痛楚，轉生後仍忘不了。

我將親身經歷告訴雷烏斯，並把麵包還回去，雷烏斯卻搖頭拒絕了。

「沒關係，不用還我。我覺得該把自己逼得更緊一點。」

「就是這股氣勢。但我不需要吃到四個麵包，給莉絲好了。」

「對了姊姊！妳們也順便幫我訓練吧，這樣應該會進步得比較快。」

「不錯的精神，雷烏斯。那我也來幫你一把。」

「挺有趣的樣子。那我就拜託精靈好了？練習在不讓對方發現的情況下，操縱物體飄起來……嗯，這樣我也能順便進行訓練。」

「嚼嚼……」

「…………咦？」

回過神時，雷烏斯的麵包……沒剩半個。

莉絲則有三個麵包。

也就是說……

「……莉絲姊？」

「雷烏斯，你太粗心了。吃飯有時就是戰爭。」

我目擊了她伸出手的那瞬間，動作——不對，是隱藏氣息的方式厲害到只能以精湛形容。

莉絲神情嚴肅，雷烏斯一句話都說不出來。

「……拿去。」

「大哥……」

不過，這樣他未免太可憐，所以我把麵包還給了他。

「來，我的也還你。下次要多注意喔。」

「莉絲姊……」

莉絲將自己吃掉的份還給雷烏斯，雷烏斯感動地看著莉絲。他們感情是很好沒錯，不過這一幕也可以說完美體現了兩人的階級關係。

順帶一提，之後召開的家族會議，決定吃飯時只有我能出手。因為要是她們認真起來，雷烏斯可能什麼都吃不到。

經過這段小插曲，大家重新開始用餐，菲亞將湯及麵包送入口中，發出類似呻吟聲的嘆息。

「配合麵包煮的湯，一起吃比分開來吃還要美味好幾倍呢。」

「嗚嗚……我不該先把麵包吃掉的，太浪費了。」

在這個世界，把麵包泡進湯裡吃，是為了讓便於保存而做得又硬又不好入口的麵包軟化。可是我配合麵包煮的湯調味比較濃，大家似乎滿喜歡的。

我滿意地看著吃得津津有味的弟子們，繼續用餐，先吃完的雷烏斯看著森林，詢問菲亞：

「欸，菲亞姊，結果之後要怎麼辦？妳決定不叫爸爸出來了嗎？」

「嗯，叫他出來可能會惹出麻煩，我想試著找我朋友。」

「原來菲亞姊有朋友喔？」

「沒禮貌，當然有呀。」

說錯話的雷烏斯被菲亞輕輕揍了一拳，不過我也有點這麼覺得，沒資格教訓雷烏斯。

菲亞的朋友啊。

「不是心胸寬廣的人，就是非常會照顧人的人吧？」

「……我懂。」

「我也是。」

「為什麼大家這麼肯定？」

因為菲亞太無拘無束了。

一看到感興趣的東西就會衝過去，身旁的人可能會被她抓去做超出常理的事、搞得暈頭轉向，不是這類型的人，很難跟她相處。

「算了，不跟你們計較。剛才我請風精靈幫我帶話，我想她也該來了……」

「那孩子可以離開森林嗎？」

「她年紀比我小，還沒外出旅行過。只是到附近的話，照理說可以出來一下。」

既然菲亞這麼說，那就沒問題了。

話說回來，繼羅德威爾後，又要見到新妖精了啊。

我想像了一下究竟會是什麼樣的妖精，這時坐在一旁的菲亞把身體靠向我。

「她有點自我中心，經常失控，不過本質很坦率，是個好孩子。」

「等等。出現失控這個詞就夠可疑了。」

「跟你的能力比起來，沒什麼大不了的。啊，如果你喜歡她，可以收她當情婦喔？混熟後會變得非常可愛。」

「別擅自決定——」

菲亞徹底無視當事者的意願，抱住我的手臂，這個瞬間，我發動「增幅」手臂一揮，抓到了什麼。

「嗷！」

「大哥！」

握在手中的，是枝木頭製的箭。

在我確認那是什麼東西的同時，又有箭從森林射過來，雷烏斯和北斗衝到前方，將其盡數擊落。

「天狼星少爺！」

「敵襲嗎!?」

艾米莉亞將手伸向小刀，站到我身旁，莉絲驚訝地製造出水球，進入備戰狀態。

抱著我手臂的菲亞則無奈地嘆氣。

「妳在幹麼啦！」

「哇!?」

菲亞揮動手臂的瞬間，捲起一陣強風，森林裡飛出某個東西，摔在我們面前。

那是……與菲亞擁有同樣特徵的女妖精。

她在地面滾了好幾圈，好不容易才停在我們的前方不遠處，立刻起身，拿好弓以掩飾剛才狼狽的模樣。

「那、那邊那個人族！給我馬上遠離那名妖精！」

「呃，是她自己貼過來的，與我無關……」

「別再辯解了！我知道凌辱妖精，把妖精當成寵物豢養，對人族來說是家常便飯！」

「喂，別那麼激動啦。」

「與其讓人族飼養，當然是由我來養更──嗚咿!?」

菲亞又揮了下手，經過壓縮的風從上空落下，將那名妖精撞向地面。她似乎有控制力道，可是對方直接臉部著地，看起來非常痛。

我趁這段期間觀察了一下，對方擁有一頭帶黃色的翠綠短髮，或許是因為身高比莉絲矮的緣故，感覺稱她為小孩也說得過去。

沒多久，那名妖精抬起頭，痛得眼泛淚光，忿忿不平地看著菲亞：

「姊、姊姊……為什麼？」

「冷靜下來了嗎？看清楚。我是基於自身意願跟這個人在一起的，其他人也全是我的同伴。」

「嗚……嗚嗚。姊姊……跟男人……」

「根本沒在聽。又失控了。」

「菲亞……難道她就是？」

「嗯，這孩子叫作愛莎，是我的朋友。在村裡可以說是我的義妹。」

跪趴在地，悔恨地流著淚的模樣有些不堪，這就是我們和菲亞的義妹愛莎的相

遇。

過了一段時間，愛莎終於恢復鎮定，願意聽我們說話，然而……

「嘿，愛莎。妳是不是忘記該對我們說什麼？」

「我一直在傾訴對姊姊的愛意啊？」

「我指的不是那個，剛才用箭射我們的就是妳吧？」

「誤會！我射的只有騷擾姊姊的愚蠢男人！」

「我看起來像被騷擾嗎？妳該治治那雙看不見其他東西的眼睛了！」

最先上演的是說教。

我們完全被晾在一旁，但多虧菲亞之後幫忙說服，始終沒把我們放在眼裡的愛莎，終於願意正眼看我們。

可是，愛莎並未解除戒心，於是我決定暫時休息，喝杯茶跟她培養一下感情。

艾米莉亞生火燒水，像平常一樣泡了紅茶，將茶杯遞給愛莎。

「請用。不知道合不合妳胃口。」

「謝謝。但我不接受外面的人的施捨。」

卻被愛莎一口拒絕。

然而正常人應該都會對是否有毒物抱持戒心，早該預料到對方不會喝，因此艾米莉亞好像也沒有不高興。

「唉……妳還是老樣子。艾米莉亞，可以把那杯茶給我嗎？」

「請。」

菲亞從艾米莉亞手中接過，吹涼後喝了一小口，遞給愛莎。

「姊姊喝過的茶我怎麼能不喝呢！不對，是必須要喝！」

愛莎喘著氣端走杯子，前一秒嚴肅的神情蕩然無存。

原來如此，那孩子最重視的菲亞親自為她試毒，不喝就太失禮了。

她們似乎沒有血緣關係，可是菲亞和愛莎之間，或許就是由情同姊妹的牢固羈絆連結在一起。

「好燙!?沒關係，這一定是在測試我對姊姊的愛！」

「……好像不太對。」

「這孩子就是這樣。但她人不壞，你們儘管放心。」

看見她專挑菲亞嘴唇碰過的部分喝紅茶，總覺得這孩子長歪了。

愛莎是個讓人不知道該做何反應的女孩，不過既然菲亞不介意，我也不會放在心上。

「非常美味的紅茶。是配得上姊姊的味道。」

「感謝誇獎。妳喜歡的話可以再來一杯，不過要不要先做個自我介紹？」

「說得也是。那麼……我叫愛莎，是菲亞姊姊的妹妹。」

「是義妹，義妹啦。」

多虧艾米莉亞巧妙地引導話題，順利進入了自我介紹時間。

愛莎似乎比想像中還喜歡艾米莉亞泡的紅茶，又要了一杯，看來成功消除她的戒心了。

「我叫艾米莉亞，是這邊這位天狼星少爺的隨從。」

「我叫莉絲，是菲亞小姐的同伴。」

「請多指教。對了……請問兩位跟姊姊是什麼關係？」

愛莎對艾米莉亞及莉絲投以銳利目光，散發出視她們的回答，可能會發動攻擊的魄力。我不清楚原因，但她儼然是隻飢餓的野獸。

「菲亞小姐嗎？這個嘛……對我來說像姊姊一樣，同時也是互相砥礪，以獲得天狼星少爺寵愛的勁敵。」

「呃、呃……我們喜歡上同一個人，所以可以說是家人……吧？總、總之是姊姊般的存在。」

「我十分能理解兩位想當她妹妹的心情，不過我才是頭號妹──啊嗚!?」

「好好好，頭號妹妹給我忍耐一下。我也把妳們當妹妹看待喔。」

大概是艾米莉亞和莉絲的回答讓她很開心吧，菲亞笑著用雙手摟住兩人。

前輩妹妹愛莎則用臉接下風的衝擊，痛得哀號，我不禁心想菲亞是不是太過分了點。

「姊姊的愛好痛！不過……這也是一種形式的愛呢！」

……根本沒用。

只要是跟菲亞有關的事，她全都可以往好的方向想嗎？有點像艾米莉亞。

接著輪到雷烏斯自我介紹，他是異性，所以我完全無法預料會發生什麼事。

算了，就算她出手攻擊雷烏斯，雷烏斯也應付得來。

「我叫雷烏斯。妳好，愛莎小姐。」

「男性嗎……你跟姊姊是什麼關係？」

「嗯？對我來說，菲亞姊……就是菲亞姊。她總是在一旁默默守護我們，總之是個可靠的姊姊。」

「哦？你很瞭解姊姊嘛。請多指教。」

愛莎應該是從他單純直率的話語，判斷雷烏斯對菲亞沒有非分之想。

她露出神清氣爽的笑容伸出手，雷烏斯也伸手和她握手。

看來愛莎只是抱持著菲亞至上主義，並非討厭男人。

「我叫天狼星。我就直說了，我是菲亞的戀人。」

「是嗎？你就是姊姊的……」

聽見戀人一詞，愛莎立刻殺氣騰騰地瞪過來，然而這是事實，我不想隱瞞。

我直接承受除了嫉妒外，還蘊含了各種感情的殺氣，菲亞放開摟在懷裡的兩人，站到我身旁抱住我的手臂。

「之前不是跟妳說過嗎？他就是拯救了我的心愛之人。」

「我以為那是在開玩笑，不過，姊姊幸福的表情訴說著這件事是真的。那個……謝謝你救了姊姊，但我還是……」

「嗯，突然要妳接受，也許太強人所難了。不過我希望妳試著認識天狼星，就算只有一點也好。這個人和妳所知道的人族不同。」

這句話雖讓愛莎收回了殺氣，但她仍舊狠瞪著我。

原本心想該由我說些什麼，愛莎卻率先開口：

「我有疑問。你是在清楚姊姊是妖精的前提下，跟她在一起的嗎？」

「當然。畢竟她可是不惜打破規矩，選擇了我的女性。我會盡最大的努力讓她幸福。」

「那你至少得活個三百年。」

「三百年啊。這就有困難了。」

身為人族的我，自然只能活一百年……不對，只能活過短暫的歲月，連壽命是否有五十年都不知道。

「哼……笑死人。姊姊可是隨隨便便就能活過五百年的妖精喔？會拋下姊姊先走的你，最好別把要讓她幸福掛在嘴邊！」

菲亞不太會聊到我們的壽命差距，我也不會主動提及。

然而……這不代表我不願意去正視這個問題。

菲亞始終沒有插嘴，八成是希望由我明白地告訴愛莎。

我望著菲亞，以及艾米莉亞和莉絲，斬釘截鐵地說：

「我一個人實在辦不到，不過有人會繼承我的責任。菲亞不會不幸的。」

「竟然把問題丟給外人處理。人族就是人族。」

「不能說是外人吧？我指的是我的孩子。」

『因為我是妖精族嘛？總有一天會被你拋下。』

『不過有很多小孩就能排解寂寞了吧？我會努力生，放心交給我吧。』

之前，我在鬥武祭奪得冠軍的那一天，菲亞曾如此對我說過。

換言之，不只是我，菲亞已經做好甚至要為我們的兒女、孫子、曾孫送終的覺悟。

正因如此，我想回應她的覺悟。

我要做的只有竭盡所能，讓我和她……以及整個家族，都能夠開心度日。

「不過，決定菲亞幸不幸福的是她自己。我所能做的只有好好陪伴她、保護她，讓她這麼覺得。」

不曉得這樣能否讓愛莎服氣，但我能說的就這些。

我毫無釋放殺氣的意思，認真的話語卻令愛莎畏縮了，啞口無言。

「你、你真的有辦法給姊姊幸福……保護好她嗎？」

「只要在能力範圍內，我絕對會保護她。」

「既然如此……就打倒我來證明這一點吧！剛才我刻意放水，這次我會拿出真本事攻擊你。」

「呃，我不認為有這個必要……」

若對象是菲亞的父親，我會懷著「請把女兒交給我」的心情與之交戰，換成義妹就讓人有點不解了。

只要菲亞出面講幾句，或許阻止得了她，但看她認真到了這個地步，實在不好說。

我望向弟子們，想看看有沒有辦法阻止她……

「本來覺得男女各一就夠了，果然該生三個嗎？」

「為了菲亞小姐，我也努力生兩個好了？」

「大哥……」

艾米莉亞和莉絲紅著臉沉浸在妄想中，雷烏斯則握住佩劍，一副「要不要我來跟她打？」的態度。

他們完全沒有打算阻止的意思，看來還是只能靠菲亞。

我邊想邊望向菲亞，她立刻明白我的用意，苦笑著點頭：

「住手，愛莎。偷襲都沒用了，妳覺得從正面進攻贏得了人家嗎？」

「姊姊，這是我的堅持。不實際和他交手確認一遍，我自己無法服氣！」

「唉……沒辦法。天狼星，不好意思，可以請你陪愛莎過個幾招嗎？我想這對那孩子而言是必要的過程。」

「……知道了。」

看來講道理已經沒用了。

愛莎是菲亞的義妹，我就奉陪到她滿意為止吧。

就這樣，我跟愛莎決定切磋一場，菲亞想起本來的目的，在我們討論比賽規則時提問：

「愛莎，在你們開始之前，我可以問個問題嗎？爸爸有沒有遭受什麼懲罰？」

「咦？沒有啊，姊姊的父親過得很好。再說，高等種大人並沒有來村裡，所以沒什麼特別的變化。」

「……這樣呀。那就好。」

聽見父親平安無事，菲亞鬆了口氣，我卻看得出她有點憂鬱。

我認為她還是該見父親一面，解決愛莎的問題後再試著說服她吧。

就在答應擔任裁判的艾米莉亞準備揮手，宣布對戰開始時……

「那麼就開──」

「…………咦!?怎麼會……爸爸他!?」

菲亞忽然慌張地大叫，一股腦衝進妖精村所在的森林，根本來不及阻止。

平常很少看見她這麼驚慌失措，導致我們當場僵住，但現在可不是發呆的時候。

我立刻切換思緒，逼近還愣在原地的愛莎。

「愛莎！趕快帶我們去村裡！」

「咦!?你、你說什──」

「明白表示不會回去的她，叫著爸爸衝進森林了喔？哪能置之不理！」

一向冷靜的菲亞，如今卻驚慌成那樣。

從她的言行舉止來看，菲亞的父親搞不好真的遭遇了某種危險。

然而，「探查」在這座森林裡效果不彰，若不請妖精為我們帶路，恐怕連追都追不上她。

「可是，不能讓外人進村……」

「那妳就說是被我威脅的！要扮黑臉也無所謂！」

「拜託了，愛莎小姐！我不覺得那是誤會。」

「我們想幫助菲亞小姐！所以求求妳！」

「拜託，愛莎小姐！不能放著菲亞姊不管！」

想穿過森林，愛莎的幫助是不可或缺的。

看見我們拚命拜託的模樣，愛莎冷靜下來，轉身走向森林。

「姊姊都過去了，我自然也得回村。只不過……我在趕時間，應該沒空注意背後吧。」

「是嗎？那我們就為了菲亞自由行動了。」

「請自便。順帶一提──我在自言自語──妖精以外的人，只要走特殊通道就不會觸發迷途的結界。如果有辦法跟上碰巧走在那條路上的我，說不定就到得了妖精村。」

艾米莉亞在愛莎說話的期間迅速將必需品裝進行囊，判斷以自己的腳程跟不上的莉絲則騎到北斗背上。

我和雷烏斯直接用跑的也沒問題，因此我們短短數秒就做好準備，追向背妥弓箭衝進林中的愛莎。

大概是因為參天巨木的枝葉遮蔽了陽光，森林裡異常陰暗，露出地面的樹根嚴重妨礙行進。

這個地形實在很難盡情奔跑，愛莎卻毫不費力地穿梭於森林中，我們只得拚命跟上。

跑再久景色都沒有任何變化，這時愛莎忽然轉換方向，繞了巨大的岩石一圈，衝進不知情的人應該絕對不會踏進去的道路。

「咦……剛剛已經左轉過了，又要左轉？這樣不是會回到外面嗎？」

「此刻只能相信愛莎小姐。閉上嘴繼續跑吧。」

我一面移動，一面反覆施展「探查」，效果果然不好，用了似乎也只會浪費魔力。

既然如此，野生動物的反應如何？我望向留意著別把莉絲甩下來的北斗。

「……嗷！」

「大哥，牠說有血腥味！」

「菲亞的味道呢？」

「嗷嗚……」

「看來北斗先生也聞不到。」

不知是結界的影響，還是因為距離太遠，北斗只嗅得到血腥味，沒辦法連菲亞的味道都辨識出來。

「血腥味嗎……希望沒事。」

「姊姊……」

一如進入森林前的聲明，愛莎正全速奔跑，完全沒在管我們。

她相對習慣在這種地方移動，然而我們的體能比較優秀，所以勉強跟得上她。

我將急躁的心情壓在心底，跑了一段時間，一扇木製大門出現在我們面前。門敞開著，因此我們跟在愛莎後面跑進去……周圍的氣氛瞬間產生巨變。

在我意識到那道門八成就是結界的分界點時，我們來到森林中的開闊空間。

我在那裡感覺到許多人的氣息及氣味，還看得見彷彿與樹木同化的房舍，推測這裡就是菲亞的故鄉——妖精村。

儘管從菲亞以及住在艾琉席恩的羅德威爾身上完全看不出來，但妖精本來是厭惡外人的種族，擅自進入村落，想必會直接被他們趕出去。

然而，身為不速之客的我們光明正大踏進村落中心，卻沒看見半個人影，不僅如此，也沒有其他人要出現的跡象。

雖說我從未造訪過此地，這個狀況顯然不正常。

「……奇怪。這麼多房子，竟然一個妖精都沒看到。」

「嗷！」

「到處都有疑似妖精的氣味，不過大家都關在家裡……北斗先生是這麼說的。」

「愛莎，這裡一直是這樣的氣氛嗎？」

「怎麼可能！姊姊，妳在哪裡？」

愛莎的吶喊聲響徹四周的瞬間，推測是村莊中心的方向傳來魔力流動。

激烈的破壞聲於同時間響起，看來那邊正在發生戰鬥。

從這個狀況來看，在戰鬥的人很可能是……

「大哥！從那邊傳來菲亞姊的味道！」

「動作快！」

「姊姊——呃，喂!?」

現在比起村子，菲亞更加重要。

這一帶的地面是平的，所以我們跑起步來不再受到影響，將愛莎拋在後頭，趕往戰鬥地點。

就在我們抵達戰鬥中心的同時，地面劇烈搖晃，沙塵揚起、遮蔽視線，導致我們不得不停下腳步。

「交給我吧！『風斬舞』。」

艾米莉亞以魔法將塵土吹散，我們順利掌握到菲亞的身影。

「有了！菲亞小姐，到底怎——咦!?」

「菲亞姊!?」

然而，終於被我們找到的菲亞的狀態，可以說慘不忍睹。

衣服破破爛爛，全身是血，想必是因為受傷的緣故。再加上臉色蒼白，可見不只體力，她身上甚至出現魔力枯竭的症狀。

不過似乎並非致命傷，當下她還處在交戰狀態，我發現她的對手不只一人。

我雙腿使力，趕往她身邊的瞬間，菲亞發現我們，回過頭。

「……天狼星。」

妳為什麼……在笑？

那種縹緲的笑容，不適合妳吧。

在我腦內警鈴大作之際，敵人揮下手中的小刀……

「跟你在一起，我過得很開心……」

刺中菲亞的胸膛。

「跟你在一起，我過得很開心……」

——狙擊小刀……不可能。

——被刺中的位置……心臟附近。

——不，只要來得及處理就還有希望。

——敵人總共五名。菲亞身旁有一名。

——北斗和弟子們慢了一拍衝出去。

——優先確保菲亞的安全。

——無須手下留情。

——計算距離。加速……減速……

小刀刺向菲亞胸口的瞬間……我發動「並列思考」掌握狀況，全速奔向菲亞。

就算想用「麥格農」把小刀彈開，以菲亞的位置來說難以狙擊，除非能停止時間，否則肯定趕不上。

既然如此，就該把能做的事做好——我立刻下達判斷，在逼近菲亞的同時……

「離我的女人遠點！」

一面減速，一面用左手摟住菲亞的背，右手則對刺中菲亞的敵人使出火力全開的「衝擊」。

全力的衝擊波朝前方掃蕩，不只眼前的目標，五個人盡數飛向遠方。

雖說是以寡敵眾，會施展精靈魔法的菲亞傷得這麼重，我不覺得剛才的攻擊有辦法打倒這群人，但應該能爭取時間。

我趁這段期間溫柔地抱住菲亞，看著她的臉發動「掃描」。

「呵呵……你……果然很厲害……」

「別說話！我馬上幫妳治療。」

不曉得是敵人沒刺準，還是菲亞反射性往側面閃躲，刺中胸口的小刀偏移了心臟一些。

還有其他傷口，但胸腔以外的傷勢不至於那麼嚴重。

只要適當地治療……就還有希望！

「──菲亞小姐！」

「菲亞姊！」

我讓菲亞躺在地上，減輕她身體的負擔，追抵現場的弟子們看見菲亞這副模樣，飛奔過來。

莉絲跳下北斗的背，立刻發動治療魔法，然而不知為何，菲亞像要拒絕般，握住莉絲的手制止她。

「等一下……先別……幫我治療……」

「妳在說什麼呀!?妳被刀刺中了，得趕快處理傷口才行……」

「不是。先幫爸爸……爸爸他……拜託……」

菲亞的視線前方，是傷勢比她更重的妖精……推測是她的父親。

雷烏斯迅速前去救援，但從那個出血量來看，搞不好早已沒有呼吸。

然而，比起自己，菲亞更希望我們優先救治她的父親。不能未經確認就放棄。

雷烏斯將菲亞的父親帶過來，明明女兒都超過兩百歲了，他看起來卻是個自稱二十歲都不奇怪的青年。

我感受著妖精的不可思議之處，正準備發動「掃描」，便發現無數的魔法正朝我們襲來。

「嗷！」

北斗立刻上前，揮動前腳及尾巴將魔法盡數擊落。

不過，敵人重整旗鼓的速度比想像中還快。

事到如今我才開始觀察敵人，同時繼續為菲亞診斷。五名都是男性妖精。

但氣質和菲亞及愛莎明顯不同。並非性別問題，而是整體氛圍。

最讓我覺得奇怪的是感情。

照理說，菲亞相當於他們的同胞，那些人卻毫不猶豫地拿刀刺殺她，被我的魔法轟飛，竟然眉頭都不皺一下。

給人一種宛如機械的冰冷印象，但從離這麼遠還感覺得到的龐大魔力判斷，他們的魔力總量恐怕與艾琉席恩學園的校長羅德威爾同等……不，是比他更強。

原來如此，這就是傳聞中的高等妖精嗎……

難怪菲亞會傷成這樣——我解開心中疑惑，這時高等種分成前方三人、後方兩人的陣型包夾我們。

「大哥……」

「天狼星少爺……」

「我知道。但，別貿然行動。」

他們只是包夾而已，並未採取其他動作，也許是在警戒我用剛才的「衝擊」發動廣範圍攻擊。

一秒鐘也好，現在我需要幫兩人治療的時間，因此我命令怒火中燒的兩姊弟及北斗不要主動出手。

「爸爸……應個……聲啊……」

「我馬上治好他，冷靜點，菲亞小姐。不過，他的傷勢真的好嚴重。為什麼會弄得全身是傷……」

「也許是被不足以致命的攻擊凌虐了。」

診斷結果，菲亞的父親不只被人用風魔法割傷，身上還有許多土魔法召喚的岩石造成的挫傷。

血液也大量流失，放著不管的話，不到幾小時就會沒命吧。

不曉得該不該說幸運，體內的重要器官並未受到重創。只要用莉絲的治療魔法治療，很有可能得救。

「莉絲，優先治療這個人！」

「可是，這樣菲亞小姐會……」

傷勢如此嚴重，必須全神貫注地治療，不可能同時顧及兩人。

儘管不及父親，菲亞也處在放著不管會有生命危險的狀態，因此必然該由我幫她療傷，但我的再生能力活性化是提升人體自癒力的技能，對重症患者沒什麼用，而且很花時間。

加上菲亞心臟附近的血管斷了不少根，並非提高自癒力就能解決的問題。

就算這樣……

「我會想辦法！妳專注治療那位就好！」

「是、是！」

早點讓她的父親脫險，就能專心救治菲亞。

莉絲點頭表示理解，釋放在跟我交談時集中的魔力，向待在她附近的水精靈——奈雅祈願。

「奈雅，借我妳的力量！維繫生命的水……凝聚於此吧！」

奈雅回應莉絲的聲音，解放力量，憑空冒出的水包覆住菲亞的父親，開始散發柔和光芒。

那是在讓擁有治療效果的水從傷口滲入體內。

然而，水中蘊含的魔力要是過於強大，身體可能產生排斥反應，所以莉絲需要像穿針引線般，仔細操縱魔力。

現在只能交給莉絲，避免打擾她，我轉頭看著痛苦地不斷喘氣的菲亞：

「抱歉，菲亞。我明明發誓要保護妳，還讓妳遇到這種事……」

「怎麼……這麼說？全是因為……我自己……擅自行動……」

我碰觸菲亞的胸口，在用魔力麻醉她的期間下意識道歉，菲亞臉色蒼白，依然露出笑容。

「我才要……跟你……道歉。爸爸……快被殺掉了……所以我……沒時間跟你們……一起穿過森林……」

若是只有妖精，大可直接回村，但我們這種外人想穿過森林的話，必須像剛才一樣走特定的通道。

事實上，跟著愛莎的我們和單獨行動的菲亞，抵達村莊的時間差了將近數十分鐘。

也就是說，當時菲亞的父親危急到連這點時間都不能浪費。

「我明明……沒有……那個打算。我……到底在幹麼呀……」

「妳沒有錯，妳只是想保護家人而已。」

我將手放在菲亞的胸前為她治療，四周是無數朝我們射來的魔法。

是失去耐性的高等種使出的，不過以我和菲亞為中心移動的姊弟倆及北斗，擋住了這波攻擊。

「絕對……不會讓你們得逞！」

「喝啊啊啊啊啊——！」

「嗷！」

雷烏斯和北斗將魔法擊落，艾米莉亞則在四周颳起一陣風，保護持續為兩人治療的我和莉絲。

然而，高等種的攻勢十分猛烈，有時會有沒能防禦住的魔法從旁擦過，但我選擇相信大家，專注在治療上。

「你稱讚過的肌膚……變得……傷痕累累……」

「好了。治療完我再好好聽妳反省，現在妳只要想著活下去就好。」

「……嗯。」

此時利用魔力做的麻醉處理也完成了，之後才是關鍵。

等等要做的事必須將「並列思考」發揮到極限，我應該會完全沒心思注意其他地方。

「抱歉，再幫我撐一下！」

「『是！』」

「嗷！」

聽見可靠的回應後，我握住刺在菲亞胸前的小刀。

「菲亞，妳聽好。我現在要把這把刀拔出來喔？」

「……嗯，都……交給你處理。」

拔去小刀，血會一口氣噴出，所以在做好準備前不能輕舉妄動。

我留意著不要傷到其他神經，慎重地……將刀子直線抽出。

「好！接下來……」

如我所料，鮮血從傷口噴湧，我立刻用右手按住傷口止血。

流出的血在我指掌染上鮮紅，我用「掃描」將菲亞體內的情況投影在腦中，右手製造出無數條纖細的「魔力線」，從傷口侵入受損部位。

目前最該優先處理的傷口，是被小刀砍斷的心臟周圍的血管，於是我操縱伸進體內的數條「魔力線」，縫合斷面，將血管接起來。

然後再透過「魔力線」對接好的血管使用再生能力活性化，暫時提高治癒力，讓它恢復原本的狀態。

在同時發動「掃描」及「魔力線」的情況下，操縱數條「魔力線」，輸送用來提高再生能力的魔力。

這是我參考上輩子的醫療器材想出的治療法，沒有「並列思考」應該辦不到吧。

然而……

「唔……呃……」

說實話，對身體造成的負擔太重了。

不曉得是不是因為過於勉強，這個行為對大腦造成驚人的負擔……但我還撐得下去。

途中，身體感覺到好幾次輕微的衝擊，我勉強維持住雙手的穩定性，繼續治療。

用再生能力活性化修復所有的血管後，把「魔力線」一條條抽離，確認血管恢復正常再逐一消去。

由於我專注在治療上，對時間的感覺並不明確，不過大概過了十分鐘左右。

處理完刺傷，我睜開緊閉的雙眼，吐出一大口氣。

「呼……好，接下來是──」

「天狼星前輩!?」

正準備接著處理外傷時，莉絲著急地來到我旁邊。

看起來不像治療菲亞的父親時失敗了，她到底在慌什麼？我面露疑惑，莉絲眼泛淚光，抓住我的手。

「怎麼了？如果妳那邊結束了，麻煩幫忙照顧菲亞。」

「你沒發現嗎!?你的傷勢也很嚴重啊！」

經她這麼一說，我伸手摸向自己的側腹及背部，多出幾道不久前還沒有的裂傷，而且還在流血。

恐怕是被艾米莉亞他們沒擋住的魔法流彈擊中了。治療途中感覺到的衝擊就是這個嗎？

我覺得不太對勁，又摸了下臉，發現或許是因為大腦使用過度，連鼻血都流了出來。

此時我才意識到自己受傷，疼痛感隨之傳來。或許是因為太過專注，導致痛覺麻痺了。

雖然很痛，幸好擊中我的是風刃之類的切割系魔法。如果是岩石等有重量的招式，搞不好會搖晃到我的身體，害我雙手不穩。

「我還……撐得下去——！」

「嗷！」

另一方面……持續保護我的艾米莉亞他們陷入了苦戰。

雷烏斯帶著傷不斷用劍擊落魔法，北斗則以快到會產生殘像的速度迎擊。

即使如此，依然無法徹底阻絕的魔法，由艾米莉亞召喚的風障壁防禦，不過遲早會瓦解。

「愛莎小姐，請妳幫忙牽制敵人！攻擊再繼續增加的話，我的魔法會撐不住！」

「我知道！嘖……連我的箭都彈得開嗎！」

愛莎也待在艾米莉亞身旁，朝不停施放魔法的高等種射箭。

以她的身分來說，高等妖精明明是該崇敬的對象……真是奇怪的妖精。不愧是菲亞的義妹。

總而言之，兩名傷患已經治療完畢，差不多該反擊了。

「啊，請你先別動呀。傷口還沒癒合。」

「我沒事。比起我，菲亞交給你了。」

雖然渾身是傷，其實大多只有表皮的傷口而已，並不嚴重。

莉絲正想對我用治療魔法，我摸了下她的頭，站起來環視周遭，確認戰況。

彷彿在凌虐菲亞父親的行為，再加上對我們用的全是近似初級魔法的招式，難道他們在玩嗎？

算了，無所謂。

那就是……

「你們的敗因。」

我將雙手伸向兩側，同時連續發射「麥格農」，用魔力彈擊落高等種的魔法，再從法術的縫隙間衝向他們。

高等種們立刻察覺危險，側身避開，不然就是用手中的匕首試圖防禦「麥格農」……全都在我的預料之中。

我射出的子彈會在數秒後發動「衝擊」，於敵人面前炸裂、釋放衝擊波，將高等種全部轟得遠遠的。

如雨般的魔法停下，所有人的視線都集中在我身上。

「天狼星少爺……」

「呼……呼……大哥？」

「嗷！」

「咦⁉到、到底發生了什麼事⁉」

「各位，謝謝你們幫我撐到現在。現在要開始反擊了！」

「「是！」」

高等種理應直接吃下了衝擊，他們卻若無其事起身，沒受到多少傷害的樣子。戰鬥一開始時的「衝擊」對他們來說好像也不痛不癢，看來半吊子的攻擊不怎麼有效。

只能直接用「麥格農」射中他們，或拿小刀刺吧。

我將思考模式切換成戰鬥用，提高治癒力讓身體的傷口癒合，握住愛刀，發現始終沉默不語的高等種有了其他反應：

「……奇怪的魔法。」

他們直盯著我，不帶感情地搭起話來。

老實說，我不太想和這群人交談，不過為了讓兩姊弟多少休息一下，試著開啟話題好了。

「你們擁有那麼強大的力量，卻無法理解剛才的魔法嗎？」

「少自以為是，外人。雖然你的攻擊很奇妙……我已經記住了。別以為還會對我們管用。」

「難說喔？比起這點，我有個疑惑，你們是高等妖精對吧？」

「正是。我等是偉大的聖樹大人的守衛。」

剛才明明不由分說地對我們發動攻擊，現在竟然願意回答我的提問。

對妖精來說不容違背的聖樹一詞也出現了，再多問一些吧。

「聖樹嗎……這名字聽起來挺了不起的，它在什麼地方？」

「這片森林的更深處……神聖之樹存在於外人絕對無法跨越之牆的另一側。」

「謝謝你細心解說。那麼各位守衛放著那個聖樹不管，來這邊做什麼？」

「懲罰罪人。」

高等種如此斷言，望向倒在地上的菲亞的父親。他們還是一樣面無表情，看不出有沒有在生氣。

「那名妖精得到獲聖樹大人遴選的殊榮，卻不回應聖樹大人的召喚，不僅如此，還逃出了森林。」

「懲罰罪大惡極之人理所當然。」

「協助她的那名妖精也是罪人。」

「罪人唯有接受懲罰。」

每個地方有不同的風俗習慣及規矩，違背規矩的人受到上位者的懲治，並非不能理解。

身為害菲亞淪為罪人的原因，我沒資格插嘴，但我認為這種像在玩弄目標、把人弄得遍體鱗傷的行為是不對的。

諷刺的是，菲亞及她的父親是因為這樣才來得及救回，不過無論如何都不該原諒這種人。

「雖然地位不及你們，好歹是同胞吧？我聽說妖精的人口數不多，用凌遲他人做為懲罰，太奇怪了。」

「我等是在殺雞儆猴。為了讓他們知道對聖樹大人的信仰無從質疑，此乃必要之舉。」

「再說，我等和妖精是不同的存在。多少減去其數量，對聖樹大人也不會造成太大的影響。」

菲亞之前提過，高等妖精很少離開森林深處，但他們並不會瞧不起妖精。然而，從剛才那番話實在看不出來。

我用對方聽不見的音量，詢問舉著弓待在我背後的愛莎：

「愛莎，這些傢伙真的是高等妖精嗎？怎麼和菲亞說的不同……」

「是高等種大人沒錯。不過……跟我在一百年前看過的高等種大人不一樣。當時的高等種大人更有威嚴，也不會說這麼過分的話。」

代表不管是多崇高的存在，不同個體都會有性格差異，和人類一樣嗎？

儘管有一堆搞不清楚的事，這群高等種已經判斷不只菲亞，我們也是敵人，只能一戰了。

「……髒掉了。回去得消毒。」

與提高戒心的我們不同，高等種發現倒在地上時沾到的土，優雅地將其拍落，從容不迫。

面對敵人還如此悠閒，是對自身實力有信心的證據，剛才他們使用的大量魔法也讓人這麼覺得。

我沒有將視線從高等種身上移開，對背後的兩姊弟說：

「你們還行吧？」

「當然！十分抱歉。都是因為我們沒把所有的攻擊防住，害您受傷了……」

「抱歉，大哥。」

「不必道歉。面對那麼猛烈的攻勢，還沒讓我跟莉絲遭到妨礙，你們做得夠好了。」

多虧雷烏斯拚命抵禦攻擊，艾米莉亞用風削弱魔法的威力，莉絲才能順利治好傷患，我也只受了這點傷。

然而，北斗完美守住了攻勢最激烈的正前方，姊弟倆似乎為此感到十分不甘。

本想摸摸他們和北斗的頭，現在實在有困難。

「之後才是關鍵。我去對付前面那三人，後面兩個交給你們。」

「所以我們也可以動手囉？」

「嗯，不用客氣。那些人害菲亞傷得這麼重，讓他們後悔莫及吧。」

「天狼星少爺……交給我吧！」

交給北斗或許最適合，但姊弟倆也很氣菲亞受到傷害。

之前他們都專注在防禦上，轉守為攻後，即使對手是高等種，這兩人應該也應付得來。

「愛莎，妳打算怎麼做？要收手就趁現在喔。」

「我都豁出去到這個地步了，請別問這種問題。如果姊姊是罪人，我也樂意成為罪人。」

「謝謝。但我希望妳別離開菲亞身邊，只負責支援。」

「……雖然很不甘心，我知道以我的實力沒辦法和他們直接交手。你不必擔心。」

那就沒問題了。

高等種們也已經把泥土拍乾淨，是時候了。

「北斗，你退下。別出手。」

「嗷！」

我最擔心的是戰鬥時的流彈，讓北斗負責處理就行了吧。

北斗接獲命令，從前線退向後方，站在我面前，我輕輕撫摸牠的頭。

「保護好莉絲和菲亞。拜託囉。」

「嗷！」

確認北斗守在菲亞她們前面後，高等種開始念咒，在空中製造出無數的魔法。

「偉大的守衛怎麼都用同樣的戰術呢？」

「我們拿出真本事會波及森林。不能傷到聖樹大人的森林。」

的確，他們的攻擊固然激烈，那些魔法卻頂多在地上開洞，幾乎沒傷到四周的樹木。

很符合與森林共存之人會有的顧慮，這點我也表示贊同。

得盡量減少無謂的傷亡才行。

「罪人們啊，在此處腐朽殆盡，化為森林的糧食吧。」

「是嗎？不過要腐朽殆盡的是……」

好了，開始吧。

將思緒切換成戰鬥模式的我，開啟另一個開關……

——————

「是你們幾個！」

我（天狼星）隨著這句話甦醒，為了輔助專注在攻擊上的我，開始分析周遭的情況。

我在眼前那三名高等種射出於空中成形的魔法前，使出廣範圍的「衝擊」將其轟散。

衝擊波揚起一大片沙塵，我在視野遭到遮蔽的同時飛奔而出。

──能夠迎擊的魔法約九成。雖然剩下一成，從軌道來看可以不必擔心後方。

──恢復魔力……在結束的瞬間發動「增幅」。

──確認敵人。正前方是手握長劍，疑似指揮官的高等種，右邊是拿細劍的長髮高等種，左邊是持弓的短髮高等種。

我在沙塵中穿梭，想和他們展開近身戰，然而對方似乎也預料到了我的行動，拿著各自的武器等待我。

我打算先從側面進攻，衝向右邊的長髮高等種，他以驚人的速度刺出細劍。

這一擊銳利到堪稱專家的領域，卻不及雷烏斯。

我冷靜地用小刀擋開攻擊，再用另一隻手抓住對方的手臂，同時賞了他一記掃堂腿，將他摔向地面。

「!?奇怪的伎倆！」

長髮高等種卻故意不抵抗，在空中轉了一圈調整好姿勢，雙腳著地。

這是利用人會想出力抵抗的反射動作，將對方扔出去的招式，這名高等種卻第一次就知道該如何應對。他的反射神經令人驚訝，不過為這點小事驚慌失措，是無法在戰場上存活下來的。

本想轉為趁他落地瞬間發動攻擊，我卻感覺到背後有東西襲來，馬上拔劍砍斷——短髮高等種射出的好幾支箭。

「竟然頭都沒回就把我的箭……」

「不，這點事我們也辦得到。」

在短髮高等種射出的箭矢落地前，高等種指揮官揮劍逼近。

我迅速側身躲開，長髮高等種卻調整好姿勢，再度刺出細劍。我做了個後空翻閃過攻擊，短髮妖精又瞄準身在半空的我連發數箭。

我立刻看清箭矢的軌道，發動「空中踏臺」再度跳躍，閃開來箭，跳向短髮高等種。

此時，高等種表現出強烈的驚訝情緒。

「什麼？」

「在空中……」

臉色雖然毫無變化，對高等妖精來說，在空中飛似乎也是超出常識的行為。

儘管如此，他們依舊沒有減緩攻勢，實在不簡單，可惜那短暫的動搖就足以致命。

我揮舞小刀彈開第三波箭雨，衝到短髮高等種前面，用另一隻手抓住對方的臉，在墜落時順勢將他按在地上。

本想用零距離的「衝擊」將他的臉轟掉，剩下兩名高等種卻從背後發射魔法，我只好暫時迴避，然後再度逼近試圖爬起來的短髮高等種，打算給他最後一擊。

他的頭部被我用力砸在地上，受到強烈衝擊。

身為人類，判斷力應該會降低不少才對——我刺出手中的劍，對方卻冷靜地念完咒語，對我使用魔法。

「別靠近我！」

「唔!?」

若他射出的是風刃或岩石，我還有辦法避開，不過經過壓縮、攻擊範圍廣的風，實在難以閃躲。

我放棄追擊，在空中用力往旁邊一跳，拉開距離，決定重整態勢。

「身為人類，你挺厲害的。」

「竟然能在我們的攻擊下撐這麼久。」

分散各處的三名高等種會合了，但他們並未立刻使用魔法，不曉得是不是承認了我的實力。

話說回來，這些人比想像中還強。

能幾乎不念咒就使出無數的魔法，速度及反射神經遠遠超出常人。

根據我的感覺，應該是繼剛劍和魔法大師之後的強敵。

事實上，我沒能完全迴避他們的攻勢，手臂及雙腿多出好幾道小傷。

本想至少在剛才那波攻防戰中解決掉一個，同時對付三人果然有難度嗎？

是可以叫北斗幫忙，不過正因為有牠幫忙保護菲亞等人，我才能使出全力戰鬥。

戰況雖嚴峻，習慣後總會有辦法應付吧。

問題在於「衝擊」無法對他們造成傷害，用了那麼多魔法，對方也沒有疲憊的跡象。

再加上我明明用足以粉碎整顆頭顱的力道將他按向地面，別說腦震盪了，起身時連晃都沒晃一下，看來是有什麼祕密。

「我不認為那些攻擊對他們無效……是恢復了嗎？」

和我能瞬間補充魔力一樣，高等種也有類似的能力？

據說高等妖精絕對不會離開森林，搞不好他們擁有在森林中不只魔力，連體力都能高速恢復的技能。

倘若如此……

「一擊嗎？」

試試看砍斷他們的頭，或是把身體轟爛到無法再生的地步吧。

我重新握好雙手的劍和小刀，調整呼吸，高等種們一面凝聚魔力，一面宣言：

「不過，我等已經掌握你的動作。」

「下一招就結束了。」

三名高等種分散開來逼近我，大概是真的想為這場戰鬥劃下句點。

指揮官及長髮妖精從兩側進攻，短髮妖精則從縫隙間射箭，同時發動攻擊。

以技術來說似乎是我占上風，但差距沒大到足以同時擋住三個人，再加上高等種宣稱他們已經看穿我的動作。

從他們躲得開「麥格農」的反射神經來看，那句話絕非虛張聲勢。

重頭戲現在才開始。

「是啊……該結束了。」

之後還得對菲亞說教，跟她的父親打聲招呼。

我發動「增幅」，解放魔力，正面承受高等種的攻擊。

——艾米莉亞——

看著站在前方的兩位高等種，我想起來了。

「姊姊，妳魔力還夠嗎？」

「足夠了。還能戰鬥。」

「好。是說……讓我想到那個時候耶。」

「對呀……」

看來我們所見略同，果然是姊弟。

我想起潛入艾琉席恩學園迷宮時的事。

遭遇人稱殺人鬼的冒險者，我們束手無策，天狼星少爺則獨自面對敵人，是令我非常不堪的回憶。

「當時的我們，只能看著天狼星少爺的背影。」

「……嗯。可是，現在不一樣了。」

剛才我們漏了幾招魔法沒防禦住，害天狼星少爺受傷，我有點嫉妒擋下所有攻擊的北斗先生，然而，我們確實有在成長。

如今……讓北斗先生對付高等妖精明明更有勝算，天狼星少爺卻允許我們戰鬥。敵人傷害了我們心愛的菲亞小姐，所以我非常感激天狼星少爺。

「天狼星少爺是出於信賴，才願意交給我們。雷烏斯，絕對不能輸唷。」

「這還用說！」

我凝聚魔力，讓風纏繞全身為自己加速，站在一旁的雷烏斯略顯遲疑地問：

「不過，姊姊妳沒問題嗎？敵人只有一個的話，我是應付得來啦……」

儘管以身分來說，我的地位高於他，在戰鬥方面我的實力不及雷烏斯，所以他會擔心並不奇怪。

事實上，我可以說沒有任何一方面贏過高等妖精。

若是一對一戰鬥，輸掉的可能性很高，但……

「不必擔心。我是你的姊姊喔？要我配合你的習慣及動作，根本不算什麼。」

這次不是只有我獨自應戰。

和我並肩作戰的又是親弟弟雷烏斯，敵人再厲害，對我們姊弟來說也有足夠的勝算。

「所以你別管我，盡全力戰鬥吧。還有，我先告訴你，你去對付右邊的高等妖精。」

「好。不過為什麼是右邊那個？」

「他用的魔法偏向土屬性。」

要用劍砍魔法的話，相較於透明的風，肉眼可見的岩石更好處理。

雷烏斯明白我的意圖，舉起大劍，我也一面調整呼吸，握好小刀。

我不清楚他們害菲亞小姐傷得那麼重的詳細原因，不過他們成了天狼星少爺明確的敵人，自然也是我的敵人。重點是，我無法原諒他們傷害對我們來說情同手足的菲亞小姐。

敵人有能力將會使用精靈魔法的菲亞小姐逼入絕境，因此直到最後都不能大意。

「雷烏斯，我們上！」

「喔！上吧，姊姊！」

聚在一起只會遭到集中攻擊，於是我們分散開來，從兩側逼近高等妖精。

我靠風的力量一口氣加速，接近敵人，高等妖精發動的魔法卻更加迅速。

「竟敢與我等為敵。」

「夾著尾巴逃跑不是更好嗎？愚蠢之徒。」

剛才雖然也有無數的魔法，但這次沒必要防禦，而且分成左右兩邊朝我們射來的魔法，實際上只有先前一半的數量。

「別以為同一招會管用！」

「這種程度，看我輕鬆突破！」

我閃過所有攻勢，雷烏斯則直接用劍砍，衝到高等妖精身前，敵人也停止施法，抄起武器應戰。

我負責的藍髮高等妖精瞄準我刺出手中細劍，我在千鈞一髮之際側身閃躲。

驚險地避開了……但攻擊比想像中還猛烈。

看來他們不只魔法，近身戰的能力也很優秀。

「不過，跟天狼星少爺和雷烏斯的速度比起來……」

不必要的動作比我一直在注視的天狼星少爺還多，劍路也不及雷烏斯銳利。

然而，對現在的我而言依然是強敵。

我好不容易躲過敵人連續使出的劍式，可是每當攻擊擦身而過，我的頭髮都會被削掉幾根，手臂及雙腿上的小傷也逐漸增加，沒能徹底避開。

「怎麼了？罪人啊，妳只是憑著一股氣勢殺過來的嗎？」

「隨你怎麼說……！」

即使如此，我還是看準攻擊的空隙揮舞小刀，然而不是被劍擋掉，就是直接撲空，連敵人的一根汗毛都碰不到。

高等妖精明顯游刃有餘，所以我或許只是在被人家耍著玩，但我不能放棄。

「那就用這招……『風霰彈』。」

「!?風啊！」

我在極近距離下使用模仿天狼星少爺發明而成的風霰彈魔法，敵人大概是反應不及，直接遭到命中，飛了出去。

不過，他反射性製造出一層風膜，減輕威力，沒造成多少傷害的樣子。

我接著用「風彈」對在地面翻滾的高等妖精發動追擊，他一面翻滾，一面射出魔法迎擊。雖說是敵人，對方的反射神經和應變能力真厲害。

如我所料，他對第一次看見的魔法反應比較遲鈍。弱點果然就在這。

我思考著作戰計畫，與敵人拉近距離，關心了一下在不遠處戰鬥的雷烏斯的狀況。

「只會往前衝嗎。跟野獸一樣。』

『被我逼得到處逃的傢伙哪有資格說！』

高等妖精或許是察覺到近身戰對自己不利，邊施展魔法邊持續與雷烏斯拉開距離。之所以沒逃進森林，是怕樹被砍斷吧。

以雷烏斯的實力，交手過一次就能掌握對手的力量，可見他應該是覺得近身戰有勝算。

因此，雷烏斯拚命追著敵人跑，然而由於他還得揮劍抵擋朝自己襲來的魔法，追不上對方的樣子。

雖然很想支援他，幫他絆住敵人一瞬間……

「以為把我轟飛就算贏了？風啊斬裂敵人！」

「我可沒那麼天真！『風刃』。」

光是要壓制住眼前的高等妖精，就已分身乏術。

我馬上重整態勢，用魔法抵銷攻擊，但對方的魔力完全沒有乾涸的跡象。

高等妖精的魔力量恐怕是我的好幾倍，得在我耗盡魔力前分出勝負。

我迅速做出判斷，用力往旁邊一跳，避開風的利刃伸出手指：

「再一次……『風霰彈』。」

「沒用的。那招已經不管──嗯？」

我深刻體會到你們的反應速度有多快。

所以我沒有瞄準高等妖精本人，而是朝他的腳邊發射魔法，揚起沙塵，遮蔽他的視線。

「單純的伎倆。想藉此隱藏身姿嗎？」

可是高等妖精毫不慌張，用風吹散沙塵，射出風刃。

我立刻閃開，以魔法迎擊，卻在途中被一道風刃擦過，左肩有點受傷。

不過……這樣就準備完成了。

忍受著肩膀的疼痛，我對雷烏斯吶喊：

「雷烏斯，再來一碗！」

「好！喝啊啊啊啊啊啊──！」

「再來一碗」是天狼星少爺只會對我們下達的號令，這次是「左邊」的意思。

雷烏斯按照事前商量好的計畫，聽見我的號令便對自己在追的高等妖精使出直線釋放衝擊波的「衝破」，故意誘導敵人往左邊迴避……不對，是往特定地點移動。

「這點程度的攻擊……什麼？」

「唔！快讓開！」

他被雷烏斯引向的位置，站著正在用魔法攻擊我的藍髮高等妖精。

在專心對付眼前敵人的狀態下，同伴突然往身上撞過來，自然會露出破綻，這兩人卻冷靜地行動，避免撞在一起。

「想讓我等傷及同伴嗎？太天真——嗚！」

「呃啊!?」

兩名高等妖精停止動作的瞬間，經過壓縮的風在他們腳下爆炸，釋放驚人的衝擊波。

他們因為要分心注意彼此位置，來不及處理腳邊的風，直接被命中，朝我們飛來。

剛才的風當然是我事先設置好的「風衝擊」。

這是天狼星少爺教我的，用「魔力線」讓魔法在任意時機發動的技術。

沒錯……剛才的沙塵目的不在於遮蔽視線，而是用來設置這個魔法。

畢竟「風衝擊」和其他魔法相比速度較慢，以我現在的實力，設置一處就已經是極限。

要配合雷烏斯的動作等待時機非常困難，不過拜其所賜，成功讓高等妖精亂了手腳。

「這點攻擊沒什麼大不了！風啊斬裂敵人！」

「對我等一點用都沒有！土啊刺穿敵人！」

明明身在半空中，高等妖精照樣對我們發動攻勢。

當下這一刻，我的魔力都集中在發動某個魔法的準備上，無法閃避。

然而……根本用不著躲。

「你們的魔法我早就看習慣啦！」

因為有雷烏斯和我並肩作戰。

無需下達指示，站在我面前的雷烏斯就將魔法全數劈散，直接將劍橫握，轉守為攻。

雷烏斯揮劍砍向緊逼而來的高等妖精，敵人卻朝腳邊發射魔法，靠反作用力硬是改變行進方向，避開大劍。

「可惜，這都在我的預測之中！」

我從雷烏斯背後跳出，逼近閃過他那一劍的藍髮高等妖精，發動右手積蓄的魔法。

聽完天狼星少爺的解說後，由我自己發明的魔法。

所想像的風又薄……又銳利……是能斬斷一切之刃。

「……風刃閃。」

揮下右手，從手中射出的是仿造不靠力量、而是憑藉速度及技術砍斷物體的「刀（Katana）」這種武器的風刃。

高等妖精試圖以風魔法防禦，但刀刃不僅切開堅固的風膜，連藍髮高等妖精的左手左腳都砍斷了。

剩下那名高等妖精目睹同伴落敗，驚訝地瞪大眼，正準備朝這邊發射魔法，我卻沒有出手，而是當場蹲下。

因為……我們的攻擊尚未結束。

「喝啊啊啊啊啊啊——！」

在我蹲下同時，雷烏斯的劍從頭上通過。

雷烏斯沒有減輕將劍橫砍的力道，原地迴旋，整整轉了一圈再度揮出第二劍。

對方的注意力被我吸引，沒能避開雷烏斯的斬擊，不僅被砍斷雙腿，劍的風壓還震得他撞在背後的樹上。

「嗚……我的……手臂。」

「怎、怎麼……回事？」

失去身體的一部分，兩名高等妖精難掩動搖，靠在樹上，一動也不動。

高等妖精的體力及魔力量似乎無窮無盡，不過沒辦法連斷肢都再生的樣子。

如果這樣他們還有辦法再生，真的就麻煩了，所以我鬆了口氣。看來用不著藉助北斗先生的力量。

「我和姊姊的攻擊如何啊！」

「不……可能。」

「比我們低等的人……竟然……」

「也許我們的力量確實不如你們。不過，結果如你們所見。」

我一直在觀察。

從艾莉娜小姐的動作，到天狼星少爺的習慣與呼吸，以及在他開口要求前，就先主動提供必需品的技術……我一直在透過精心鍛鍊出來的、隨從不可或缺的洞察能力觀察你們。

就算敵人在任何方面都比自己優秀，只要能預測對方的行動就應付得來。

據我觀察，高等妖精的弱點是不會試圖去瞭解對手。

過度相信自己優秀的反射神經及能力，認為不論發生何事都有辦法應對，因此戒心不足，對於陌生的行動會慢幾秒做出判斷。

「我們……明明比較強……」

「正因為不願去瞭解對手，你們現在才會趴在地上。很多事是可以從敗北中學習的。」

「我們還沒有輸。同胞們很快就會對你們加以懲罰。」

「竟敢隻身與三人為敵。真正的愚蠢就是在指他。」

「愚蠢嗎……」

這兩個高等妖精說的，八成是在我們身後戰鬥的天狼星少爺。

我們連兩個人一起上都陷入苦戰了，天狼星少爺卻同時對付三名高等妖精，他們會這麼覺得或許是理所當然。

不過……你們並不知道。

「不，你們才是真正愚蠢的人。」

「對啊。大哥怎麼可能會輸？」

你們的同伴面對的，可是教導我們生存的力量及戰鬥方式的天狼星少爺。

雷烏斯說得沒錯，我毫不認為天狼星少爺會落敗。

眼前該思考的是，要如何處置這兩個人？

雖說他們失去了身體的一部分，只要稍微勉強一下，應該還留有使用魔法的力量。

他們是傷害菲亞小姐的可恨之人，但我有許多事想問，先把人綁起來好了……

在我如此心想之際，身後傳來巨響。

我們反射性回頭，天狼星少爺那邊的戰況是……

「不過，我們已經掌握你的動作。」

「下一招就是最後了。」

面對擋在眼前的兩名高等種，以及在後方拿著弓箭的短髮高等種，我持續思考著。

本想在剛才的攻防中減少敵人的數量，但要一邊抵禦兩人份的攻擊，一邊解決第三人，實在有困難。

再加上高等種宣稱他們已經看穿我的動作。

從他們的身體素質來看，那句話不可能是虛張聲勢。

時間拖得愈久，戰況只會對我愈不利，看來我必須下定決心，大膽進攻。

「是啊……該結束了。」

我凝聚魔力，將「增幅」程度提升到最大，衝向前方，想從兩名高等種之間穿過。

直線奔跑很快就會被抓住，所以我在途中反覆減速、加速，改變步伐大小，讓速度產生變化，錯開時間……

「耍什麼小聰明。我看得一清二楚。」

「你無法從我們的眼底逃離。」

高等種完美預測出我的動作，從兩旁包夾我，揮下武器。

指揮官的劍刺中我的脖子，長髮妖精的細劍則貫穿我的心臟。

若是人類，這一擊肯定足以致命。

然而……我並未停止動作。

我趁他們揮下武器時從兩名高等種中間衝過去，用小刀彈開射來的箭，逼近短髮高等種。

「雖然不知道原因，這次你休想輕易──」

目睹我輕易穿過兩人之間，短髮高等種大吃一驚，但這次不只弓箭，他還舉起匕首準備和我展開近身戰，或許是因為剛才被我抓住頭按在地上，學到教訓了。

短髮高等種手持匕首拉滿弓弦，大概是判斷以這個距離可以再射一箭，然而一瞄準我，他的動作便產生了一瞬間的停頓。

「什、什麼!?」

他驚訝地射出箭，可惜那短暫的破綻足以致命。

因為我早已從箭矢的飛行軌道上離開，移動到他側面。

「可惡！」

短髮高等種轉身之際掃出匕首，我卻已經越過他身旁，揮劍，拉開一大段距離。

「……為什……麼？」

「你們宣稱看穿了我的動作，這誤會可大了。」

我甩去沾到劍上的血，與此同時……短髮高等種的腦袋應聲落地。

保險起見，我用手掌對著他準備發射「麥格農」，但他不僅動都沒動，連生命的氣息及魔力都感覺不到。

就算能恢復體力及魔力，整顆頭被砍飛，再怎麼說都不可能復活吧。

「……怎麼回事？」

「我的劍確實砍中了他……」

同伴死了，剩下兩名高等種卻毫不難過，反而更好奇我做了什麼。

「真無情。你們的同伴死了喔？」

「那又如何？」

「死亡乃弱小的證據。無須憐憫。」

「更重要的是，你為何還活著？」

劍明明砍中了我的脖子，細劍也貫穿我的心臟，我卻還活蹦亂跳，他們應該覺得很不可思議吧。

你們的確掌握了我的行動，不過你們攻擊的是幻影……也就是我的殘像。

正確來說，是用「光明」調整光線強度，騙過敵人的雙眼，再從全身釋放魔力，將我的殘像留在原地一瞬間。

我以貝奧爾夫在鬥武祭上用過的招式，以及雷烏斯的戀人瑪理娜的能力做為參考，反覆與弟子們進行練習戰，發明而成的招式。

我將其命名為「蜃氣樓」。

「沒有為什麼，因為你們擊中的不是我。」

那個時候，我算準他們朝試圖突破重圍的我揮出武器的瞬間，發動「蜃氣樓」並後退了幾步。之所以在途中減速好幾次，也是為了不要衝得太前面。

接著只將殘像留在該處，高等種因此沒發現我早已退到後方，使出了必殺一擊。

「……你用的全是奇怪的招數及魔法。」

「不過，那一招我也記住了。不會再被騙。」

他們面無表情，散發出確信自己會勝利的氛圍，舉起武器。我也回個幾句好了。

「所以？記住了……又怎樣？」

有學習精神是很好，但每次見識到新招式就會增加犧牲者，我只覺得他們很失敗。畢竟活下來才學得到東西。

話雖如此，種族不同，對死亡的感覺也不一樣，所以我沒打算多說什麼。

跟他們交談的期間，我的魔力也恢復了，於是我在回話的同時衝向兩名高等種。

我再次發動「蜃氣樓」，邊跑邊左右移動，在敵人眼中應該會覺得我在分身吧。

事實上，剛才的短髮妖精就是因為這樣才那麼慌張。

剩下兩人確實記住了這一招，不慌不忙，然而他們只是一味使用魔法牽制我，等待我接近，大概是判斷胡亂攻擊會有危險。

「看上去是複數，但敵人只有一個。」

「我們看穿了你的動作，不可能會輸。」

「你們真的……看穿了我的動作嗎？」

我閃開他們的魔法，衝到高等種指揮官身前，雙方的劍用力碰撞在一起。

「還以為你要說什麼。你認為我們看不穿比我們低等的外人的動作？」

「我的確不如你們……」

不只魔力，連體能都是高等種占上風吧。

正常來說是絕對會輸的實力差距，我等於是靠「增幅」和至今鍛鍊出的技術彌補，才有辦法戰鬥。

然而，我有絕對不會輸給你們的地方。

那就是……經驗。

對活了數百年的種族來說，我應該等同一個小鬼頭，但我的戰鬥經驗是藉由和師父的模擬戰鍛鍊出來的，可以帶著自信斷言在這方面比你們優秀。

再加上你們鮮少離開森林深處，況且或許是因為只有實力高人一等的緣故，對於死亡的危機感過於薄弱。

也就是說，你們缺乏攸關性命的戰鬥經驗，若沒有那個神祕的再生能力及恢復能力，別說我們了，連菲亞都打不過。

別把我的觀察能力和你們相提並論。

「勝負不是只靠力量及魔力決定的。」

再者，說什麼看穿了我的動作，那只是表面上吧？

對手的呼吸、步伐、手腕、雙眼的動向……能判讀出這些情報，才稱得上是看穿對方。

不僅如此，我獲取的情報還進一步用「並列思考」處理過，已經昇華成近似預知未來的境界。

眼看我的動作和剛才截然不同，指揮官開始不知所措。

「什……麼？」

「你這傢伙！」

我和指揮官用劍激烈交鋒，長髮高等種從背後刺出細劍，我看都不看背後一眼就閃開了。

細劍的特性是以突刺攻擊特定的點為主，而非一整個面，只要不被刺中要害，就不足以致命。因此他會瞄準的部位有限，要往哪裡躲也很好預測。

「唔……刺不中！」

再加上我時常維持「蜃氣樓」的殘像，持續閃避，擾亂高等種的視線。就算他們知道那是幻影，要用肉眼追上我的動作也不容易。

儘管如此，兩人份的攻勢依然以驚人的速度襲來。我先預測敵人的動作，用雙手的劍與小刀架開、格擋攻擊，一面閃躲，一面等待時機。

「怎麼會……他可是只有一個人。」

「那就用他防不住的攻擊！」

著急的高等種指揮官將其中一隻手從劍上拿開，右掌對著我，準備施展魔法。

他想用的恐怕是廣範圍魔法。

不過……我就是在等這一刻。

等待他們試圖突破僵局、劍速趨緩的瞬間。

由於腦中早已預判，在他使出魔法前，我揚起的小刀就已經砍飛高等種指揮官的右手。

下一秒我立刻踢擊對方腹部，拉開距離，來到眼前的長髮高等種正好刺出細劍。

「逮到你了！」

此刻我單手單腳都是抬起來的，姿勢不穩，即使想躲開也有困難。

照理說應該要用另一隻手握著的劍抵禦攻擊，但我想趁被我踢飛的指揮官重新拉近距離前，解決掉這名高等種。

敵人的武器是細劍，從我實際抵擋過的感覺來看……應該沒問題。

我瞬間掌握細劍的速度及動向……

「喝！」

配合細劍的軌跡，移動抬起來的手與踢出去的腳，利用手肘及膝蓋夾住劍刃……不對，我故意往旁邊偏了一些，從側面敲擊劍身，因此成功折斷了那把劍。

材質似乎和我的小刀一樣是祕銀製，不過細劍一如其名，劍身偏細，比起其他武器更加脆弱。

再加上我還在接觸劍刃的同時用膝蓋及手肘釋放「衝擊」，連祕銀都承受不住。

長髮高等種因武器折斷大吃一驚，露出短暫的破綻，我的劍趁這瞬間貫穿了他的胸膛。

「嗚!?咳……呃。」

「太淺了嗎？既然這樣……」

然而，都被劍刺中了，他卻依舊試圖使用魔法，因此我將劍刺得更深，把他推倒在地上，看著他的眼睛用手掌對著他。

「你們似乎不怎麼重視同伴的死，那你們對自己的死是如何看待？」

「愚蠢的問題。對我等而言，死亡僅僅是回到聖樹大人跟前。不足為懼。」

「……是嗎？」

本想多問一些，可惜還有其他敵人要處理。

既然對方帶著殺意，我也不打算手下留情。

我將劍從對方的胸膛拔出，毫不猶豫對長髮高等種使用「反器材射擊」。

接著……

「剩下兩個了嗎……」

留在原地的，只剩上半身消失得不留任何痕跡的長髮高等種，以及深不見底的洞穴。

雖說是沒有草木生長的部落廣場，開出這麼大一個洞，我有點罪惡感。

「我是不是太超過了？不，還是該做得徹底一點比較好。」

考慮到身體可能會從剩下的部位再生，我再度伸出手，就在這時，長髮高等種的下半身像風化似的開始崩解。

最後，他的身體化為沙子消失不見，就我看來，感覺像被地面吸收了。

他剛才說死後會回到聖樹身邊，指的就是這個嗎？高等妖精說不定是聖樹的一部分。

儘管令人好奇，現在再怎麼想都不會知道答案，況且還有敵人在。

我走近被我轟飛、倒在地上的高等種指揮官，想要質問他獲取情報……發現情況不太對勁。

「……逃了嗎？」

我親眼看到他被我踹飛，背部用力撞上不遠處的巨樹，如今那裡卻只剩人形的植物塊。

從植物塊上感覺得到魔力反應，推測是用魔法製成的。

沒想到他們會留下誘餌逃走。以那些傢伙的個性來說，我不認為他們會輕易逃跑，所以有點出乎意料。

「大哥！」

「天狼星少爺，非常抱歉。快要逮住他們的時候被逃掉了。」

在我思考的期間，結束戰鬥的兩姊弟前來與我會合，那邊的結果似乎也跟我一樣。逃走的高等種，八成是回去向他們口中的聖樹大人報告了。

「我們還能戰鬥，要追上去嗎？」

「不必。再怎麼努力，在森林裡都是對方占上風。」

我不希望窮追不捨，害你們也遇到危險。

反正已經成功救回菲亞跟她的父親，擊退敵人就該滿足了。

因為不管怎樣，都無法改變不只高等妖精，連人稱聖樹的存在都與我們為敵的事實。

「先這樣就好。幸好你們平安無事。」

「天狼星少爺……呵呵呵。」

「嘿嘿！」

我摸了下面露不甘的姊弟倆的頭，然後……

——天狼星——

……然後，回到在繼續治療菲亞的莉絲身邊。

「嗯……啊？」

「……妳醒啦？」

「天狼……星？這裡是哪……我怎麼了？」

「這裡是妳家，妳活得好好的。」

菲亞在自己的床上睜開眼，但她似乎尚未徹底清醒，看到我也沒什麼反應。

不過，她很快就想起自身的狀況，瞪大眼睛一口氣坐起身來。

「等等!?在那之後到底——嗚！」

「別勉強。傷口雖然癒合了，妳的體力還沒恢復。」

失血過多導致菲亞臉色蒼白，動一下就頭暈，因此我把手放在她肩上，好讓她恢復鎮定。

看見我認真的神情，菲亞似乎稍微冷靜下來了，乖乖躺到床上，愧疚地用棉被蓋住半張臉。

「……抱歉。給你添了一堆麻煩。」

「小事情罷了，別放在心上。先跟妳說一聲，令尊沒事，莉絲在照顧他。」

「這樣呀，那就好。」

菲亞鬆了口氣，我握住她的手，她便開心地笑著回握。

「我有很多話想對你說，不過先讓我講這句吧。天狼星……謝謝你救了我。」

「應該的。也要跟大家道謝喔。」

「這還用說。雖然記憶有些模糊，我記得是大家保護了我。所以……可以請你告訴我，我昏倒的期間發生了什麼事嗎？」

之後，我向菲亞說明了她被刺傷後的事。

我們與高等妖精交戰，姊弟倆對兩名高等種造成致命傷，我則解決掉了兩個人。

「最後放跑了三個，不過算是成功擊退敵人了。目前我們正加強戒備，免得他們來尋仇。」

「你們也惹上高等妖精大人了呀。這樣的話最好不要留在我家，趕快逃到森林外面比較好……」

高等妖精無窮無盡的魔力及再生能力，簡直像在從森林吸收力量。

聽說他們絕對不會踏出森林一步，只要帶著菲亞離開森林，搞不好比這裡還安全，然而……

「雖說有經過治療，妳和令尊還處於不能亂動的狀態。重點是擅自帶走令尊或把他留在這裡都不好，我才想等明天再說。」

要不要帶走至少得再過幾天才會醒來的父親，我希望由身為家人的菲亞親自決定。

由於還有時間，我先告訴菲亞等等會再跟她確認一遍，接著說明：

「擊退高等種後，我們把妳跟令尊帶到這裡休息。」

順帶一提，是愛莎帶我們到菲亞家的。

過了一會兒，我們用魔法填補戰鬥時在廣場開出的大洞時，妖精們紛紛走出周圍的住宅。

他們只是遠遠看著，不敢接近。八成是目擊了我們與高等種交戰、殺掉他們的畫面。

儘管已經給她添了許多麻煩，我又拜託愛莎向其他妖精說明事情經過。

多虧她幫我們說話，對外人沒有好感的妖精才沒把我們趕出去，值得慶幸。

「愛莎說關鍵在於我們救了族長的性命。看來大家很仰慕令尊。」

「因為他是我爸嘛。我睡了多久？」

「差不多半天。明天早上就能動了，先吃點東西，睡一覺吧。」

外頭已經一片漆黑，可是屋內有像燈一樣的發光植物，足夠明亮。

菲亞失血過多，現在十分衰弱，最好補充營養、多加休息。

我在她家煮了湯，正準備起身幫她拿過來時，菲亞忽然抓住我的袖子。

「……怎麼了？」

「欸，可不可以……把臉靠過來一點？」

「好。」

我照她所說，將臉湊過去，她用雙手包覆住我的臉，抱住我。

然後用有點顫抖的聲音，在我耳邊輕聲呢喃。

「我呀……在冒險的時候遇過好幾次危機，不過感覺到死亡離自己那麼近，還是第一次。」

「妳是真的有生命危險，很害怕對吧。」

「嗯。不過，我現在怕的不是那個。我最怕……最愧疚的是因為我的關係，害你們遭受波及。對不起……天狼星。」

「別在意。我們是自己選擇跟過來的。」

「嗯……謝謝。」

菲亞抱著我，告訴我她獨自進入森林後發生了什麼事。

那個時候……我和愛莎在森林外面決定要打一場時，精靈告訴菲亞她的父親快被殺害了。

「我有想過你可能會願意跟我一起來，可是精靈那麼慌張，我知道爸爸真的有危險，思緒亂成一團，回過神時已經一個人衝出去了。」

她在森林裡才發現自己不小心把我們留在原地，判斷只要爭取時間，等我們趕到即可。

就算發生什麼事導致我們沒跟來，她也覺得這樣就不會害我們被捲進去，坦然接受這個命運。

多麼乾脆啊……但我不能容許她有這種想法。

或許是因為她當時並不冷靜，不過關於這件事，之後得好好訓她一頓。

「遇見你之後，我成長了許多……以為自己會用精靈魔法就應付得來。真的……好傻。」

「是啊，你真傻。所以別再做這種事，也別再放棄活下去了。」

「……嗯。」

照理說她應該使不出多少力氣，菲亞卻緊抱著我，彷彿不想放我離開，我便暫時讓她抱著。

我摸了她的頭一會兒，菲亞終於冷靜下來，忽然抓住我的臉，認真盯著我的眼睛。

「嗯，還有什麼事嗎？」

「欸，我被刀刺中的時候你是不是說了什麼？當時我沒聽清楚，希望你再說一次。」

「……那個啊。」

儘管有點羞恥，我是發自真心的，既然她要我再說一遍，就滿足她的需求吧。

是我出於對高等種的憤怒，反射性說出的話。

「離我的女人遠點……是這句吧？聽起來有種無視對方意願的感覺，所以我個人不太喜歡這種說法就是了。」

「呵呵，女人有時會對強硬的臺詞很沒抵抗力唷。由你說出來又更有威力……」

接著，她熱情地吻了我，但途中因為呼吸困難的緣故，很快就放開了。

「呼……要做更進一步的事果然有困難。等我康復再好好答謝你。」

「我不討厭熱情的對象，但身體虛弱時希望妳安分點。」

「辦不到。你說我是你的女人，我怎麼可能忍得住。」

菲亞再度吻了我，這次只是蜻蜓點水般的吻。

她之所以異常撒嬌，八成是因為差點沒命，再加上把我們牽扯進來的愧疚感，導致心靈處於正脆弱的時刻。

就如剛才所言，我們完全沒放在心上，不過這是菲亞自己的問題，只能等她慢慢想通了。

所以，我打算順著她的意，任憑菲亞親吻及擁抱……

「姊姊，我拿水來──」

……最不想被對方看見的人卻偏偏出現了。

而且菲亞還專注在擁抱我這件事上頭，怎麼推都推不開。

那麼，愛莎會有什麼反應呢……

「……姊姊似乎平安醒過來了，那就好。為了保護姊姊，就連面對高等妖精大人，你也一步都沒有退讓呢。」

「…………」

「所以我不打算跟你交手了。不甘心歸不甘心，看來也只能認同你。」

「我倒覺得妳說的話跟做的事有所矛盾。」

終於從菲亞的擁抱下獲得釋放的我，開口吐槽拿起弓箭準備攻擊我的愛莎。

這時菲亞才發現愛莎的存在，但她看起來毫不在意。如此從容不迫的態度……可見她有多瞭解愛莎。

「對不起，愛莎。害妳為我操心了。」

「姊姊沒事就好！對了，妳會不會渴？我拿水來了。」

「嗯……那可以給我一些嗎？」

「是！啊，姊姊不用動沒關係，我餵妳喝！」

愛莎擠進來搶走我的位子，將水杯拿到菲亞嘴邊，餵她喝水。

菲亞也一邊道謝，一邊撫摸愛莎的頭，看起來是對感情非常好的姊妹。前提是愛莎沒有興奮地喘氣……

「天狼星少爺，菲亞小姐——啊!?」

「喔喔！菲亞姊，妳醒啦！」

「菲亞小姐，太好了……」

接著，兩姊弟與莉絲也走進房間，菲亞馬上為將他們牽扯進高等種的問題一事道歉。

如我所料，大家都不介意，純粹地為菲亞的平安感到喜悅。

「妳父親的呼吸很穩定，休息一下就會醒。」

「既然莉絲這麼說，那就沒問題了。真的是……欠了大家一個怎麼還都還不清的恩情。」

「別在意啦。」

「對呀。不必對我們那麼客氣。」

「呵呵……謝謝。但這是我該負的責任，總有一天我一定會報恩。」

菲亞做出承諾，將手伸向大家，姊弟倆和莉絲牽住她的手，笑得很開心。他們感情這麼融洽，真是太好了。

之後，我盛了為菲亞煮的湯，決定商量一下今後的計畫。

菲亞光是要維持清醒狀態就很累的樣子，實在對不起她，但當前的狀況稱不上好，我想趕快討論出個結果，順便確認現狀。

「目前還算和平，可是高等妖精八成會來報仇。」

「是叫聖樹大人……嗎？不曉得那是什麼，那些高等妖精是回到那裡了對不對？」

「聖樹大人所在的地方，離這裡有多遠？」

「我不清楚，爸爸也不知道。」

「我也是。我想這個村子裡的妖精大概沒人知道。」

之前菲亞說過，被聖樹召集過去的妖精，從來沒有人回來過。

這座森林大到能看見地平線，連在周圍練習飛翔的菲亞都從來沒看過疑似聖樹的存在，更別說森林邊界了。

那群高等種又受了傷，至少不是半天內就能往返一趟的距離吧。

「我想今晚應該是安全的。明天早上就離開森林吧。」

雖然因為各種原因，跟對方打了起來，菲亞和她的父親都沒事，我個人的仇也報了，沒有理由再與他們交戰。

然而，從對方的角度來看是手腳被砍斷，還死了兩個人。

儘管看不出生氣的跡象，我實在不覺得他們會原諒我們，趕快逃走方為上策。

「可是大哥，那些傢伙又強又神祕耶？搞不好一下就會回來。」

「很有可能，但在夜晚的森林裡行動太危險。更重要的是菲亞和她父親得再靜養一下，否則身體撐不住。尤其是她父親。」

即使想讓北斗幫忙載人，他們的體力降低到了極限，不能亂動。

所以強行趕路是最終手段，現在該盡量讓身體休息。

而且外面有北斗在看守，應該不會突然遭到襲擊。

「菲亞，再問妳一次，妳決定令尊要怎麼辦了嗎？」

「……帶他一起走吧。就算他會因此恨我，我也希望爸爸活下去。」

「知道了。讓北斗載著妳跟他走吧。」

和戀人的父親一起旅行嗎……

感覺會尷尬一段時間，何況我們又擅自把他帶離村莊，不過這些都是之後才要煩惱的事。

「還有愛莎，那件事告訴大家了嗎？」

「那當然。有些人不太甘願，可是除此之外好像沒有其他選擇，大家都同意了。」

另一個問題是住在這座村落的其他妖精。

儘管沒有主動提供協助，他們可能會在允許我們停留的瞬間就被視為共犯，遭受和菲亞的父親同樣的懲罰。

因此我請愛莎叫他們佯裝成是被我威脅，逼不得已才這麼做，假如高等種在我們離開前出現，不必猶豫，直接攻擊我們。

「雖然講這種話有點晚，我不希望造成多餘的傷亡。畢竟是我害情況演變成這樣的。」

「責任不全在天狼星少爺身上。」

「是我們大家的責任。再說，還不都是因為對方不考慮菲亞姊的心情，硬要叫她過去。」

「……沒錯。妨礙姊姊的人全是敵人！」

大家團結一致，士氣高昂，十分可靠。

然而，與我們為敵的高等妖精不僅實力堅強，人數及規模都不明，有許多令人擔憂的部分。

就算這樣，也只能等待敵人主動出擊，我們被迫處於被動。

因此我列出幾個可能性，跟大家討論完對策後才休息。

隔天早上……我在菲亞家的客廳裹著棉被，靜靜睜開眼。

從四周的氣息來看，過了一天高等種仍未出現，睡在附近的弟子們還沒醒。畢竟他們昨天剛與強敵交戰過，精神又一直維持緊繃狀態。我想讓他們多休息一下。

艾米莉亞和莉絲在屋內的沙發上靠在一起睡，雷烏斯則裹著棉被睡在我旁邊，我躡手躡腳地走出家門，以免吵醒他們。

「……嗷。」

來到屋外，北斗坐著戒備周遭，一看到我就搖著尾巴走過來。當然，為了避免吵醒還在睡的人，他叫得很小聲。

「早安，北斗。看來沒發生什麼事。」

「嗷！」

「抱歉，把工作都交給你做。過來，我幫你梳毛。」

「嗷……」

北斗趴到我面前，在幫牠梳毛的期間，忽然有股懷念的感覺。

「對了……以前上戰場前都會幫你梳毛。」

前世，師父命令我到各地參與戰鬥的時候。

當時我還只是個半吊子，連自己都保護不好。

這次的作戰說不定會死……我經常會在前往這種攸關性命的戰場的前一天，幫北斗梳毛。

至於當下，視高等種的決策而定，我們可能會連逃走的時間都沒有就被殺掉。或許是因為過去和現在的狀況有幾分相似，我才會感到懷念。

「嗷！」

「哈哈，我知道。無論如何，直到最後都不會放棄，努力掙扎。唯有這點……我被鍛鍊到令人生厭的地步。」

上輩子師父教了我許多事，鍛鍊得最厲害的，就是死都要活下來的生存本能吧。我的瀕死經驗也多到數不清，虧我和北斗有辦法從那樣的地獄中生存下來。

想起過去，我自然而然望向遠方，發現剛才還被我梳得很舒服的北斗正在發抖。看來在想起師父的同時，牠不小心也回想起嘗過無數次的恐懼滋味了。

「嗷嗚……」

「怎麼？你都變得這麼大隻這麼強了，還會怕師父嗎？」

「嗷！」

「是啊，畢竟師父對你來說是恐怖的象徵。我懂你的心情，可是你已經跟那個時候不一樣了。沒必要這麼怕。」

我溫柔撫摸北斗的頭安撫牠，這時弟子們也醒來了，打著哈欠來到戶外。

「早安，天狼星大人。」

「呼啊……大哥早。」

「雖然睡不太夠，我肚子餓了。」

他們還有點睡眼惺忪，不過體力似乎已經徹底恢復了。

道完早安後，我伸展了一下身體，看著大家說：

「好……吃過早餐，檢查完菲亞他們的身體狀況就出發吧。」

「那家裡的食材可以全部用光了。反正之後沒人用。」

聽見她的聲音，我回過頭，菲亞在愛莎的攙扶下走出來。

臉色還很差，但和昨晚比起來似乎好了不少。講點題外話，被菲亞靠著的愛莎神情恍惚，我盡量不讓她進入視線範圍內。

「菲亞，妳可以下床了嗎？」

「嗯，勉強走得動。」

「就算這樣也沒必要硬撐吧……」

「我還沒跟北斗道謝嘛。北斗，謝謝你保護我。」

「嗷！」

菲亞摸了下走到身邊的北斗，雷烏斯看著高等種逃跑的方向，喃喃道：

「那些傢伙……完全沒有要出現的跡象耶。他們真的會來嗎？」

「誰知道呢？妖精對於時間的感覺跟我們不同，也有可能過幾天才來。」

「最好永遠別出現……」

「想太多只會累到自己。隨時注意彼此的位置，以備敵襲就好。」

擔心歸擔心，目前我們只能採取守勢，所以換個想法也是有必要的吧。因為最重要的是能否在遭遇偷襲時，也冷靜行動。

於是，我來到菲亞家用來保存食物的倉庫，準備早餐……

「仔細看過一遍，會發現有許多沒看過的食材呢。」

「喔，這個水果我在城裡看過。可是大小完全不同，這裡的看起來比較好吃。」

「別客氣，盡量用。啊，那裡有爸爸的祕藏紅酒，統統拿出來。」

「……帶兩瓶就好。」

連這種時候都沒忘記對酒的執著，我不禁苦笑。

不過，這也是菲亞恢復正常的證據，因此我們度過了較為祥和的早餐時光。

正當大家迅速收拾好行李，準備幫菲亞的父親檢查身體狀況時。

「嗷嗚嗚嗚嗚——！」

屋外傳來北斗的咆哮聲，我和雷烏斯立刻拿著武器衝出去。

「探查」依然沒用，所以我試著靠空氣及聲音感應北斗前往的地點，偵測到有點出乎意料的反應。

「一個人嗎……？雷烏斯，你呢？」

「跟大哥一樣。可是從味道來看，我想不是昨天那群人。」

搞不好是隻身前來也無所謂的強者。

然而對方不僅完全沒散發敵意，反而毫不隱藏自己的存在逐漸逼近，彷彿主動要我們注意到他。

艾米莉亞做好逃亡的準備，從家裡探出頭時，那個人從森林裡走了出來。

「看起來是高等妖精……」

「可是跟昨天那幾個感覺完全不同耶。」

在看得見彼此的狀況下，也未表現出戰鬥的意思，因此我往前走了幾步，觀察對方。

是名頂著白色短髮，身穿有如燕尾服服裝的高大妖精，以氣質來說無疑是高等種。

然而，對方明顯是與昨天那群人不同的存在。該說是老手嗎，感覺得到合乎長生者身分的氣勢。

面對沒拿武器也會讓人自然警戒起來的對象，我提高戒心，那名高等種忽然停下腳步，像要投降似的舉起雙手：

「請教一下，幾位就是與我同胞交手過的人嗎？」

「是的話……又怎樣？」

「那就好。我無意與各位爭鬥，而是來對話的，可以再走過去一點嗎？」

即使沒有敵意，隨便讓他接近也很危險，但他展現出不聽他說話就不肯離開的堅定意志，我便點頭表示無妨。

高等種面無表情，看起來卻有些滿意，放下手走到我們數步前，左手放在胸口，彬彬有禮地一鞠躬：

「初次見面。我是侍奉聖樹大人的八號。」

「……我叫天狼星。你說要和我們對話，這樣真的好嗎？畢竟我們對你的同伴出手了……」

「關於這點完全不必擔心。因為聖樹大人原諒各位了。」

雖說是類似手下的存在，正常情況下會如此輕易就原諒？

我下意識歪過頭，自稱八號的高等種無視困惑的我，冷靜地接著說：

「我來到這裡的原因，是要帶領各位去見聖樹大人。得在森林裡步行一段時間，請預先做好準備。」

招待身為敵方的我們去見聖樹？

如果是陷阱，未免太隨便了……

「要是我們拒絕會怎樣？」

「不會如何。聖樹大人表示決定權在各位手中，所以我把話帶到後，就能返回聖樹大人身邊。」

「方便問點問題嗎？我想等聽完答案再做決定。」

「請儘管問。聖樹大人允許我在可能的範圍內提供情報。」

這名高等妖精跟我們交手過的那群一樣，行為舉止如同機械，不過幸好他願意回答問題。

我用眼神示意大家不要出手，看著對方的眼睛開始發問：

「昨天和我們交戰的那些人呢？」

「聖樹大人似乎想直接向各位解釋，因此詳情我不方便透露。目前我能說的，只有那些人再也無法動到你們。」

「被處理掉了嗎？」

「可以這麼說。」

再怎麼觀察他的表情，都看不出任何情緒變化，但我不覺得他在騙人。

繼續追究他大概也不會再多說什麼，於是我提出下一個問題：

「我想知道菲亞被聖樹召喚的理由，以及她違背命令逃出村莊，聖樹是怎麼想的？」

「理由不方便告知。我只能說，至少聖樹大人並未動怒。」

「那菲亞為何會遭到攻擊？」

「襲擊她，是那些人擅自採取的行動。畢竟我等的性格不盡相同。」

看來是因為部下沒教好，以及正義感失控的緣故。即使是妖精的高階版，這部分跟人類一樣啊。

但因為這種理由差點被殺，我可不能接受。

「所幸你們那邊並未出現死者，然而，各位會生氣很正常。聖樹大人命令我將它交出，以示賠罪。」

八號深深低下頭，取出兩片小葉子。

怎麼看都只是隨處可拾的樹葉，卻散發出異常龐大的魔力，光看就令人提高警覺。

「將它含在口中，受傷的妖精應該會立刻痊癒。」

「我看得出這東西很厲害，可是這樣真的能治好菲亞姊嗎？」

「對妖精一定有效。不過人類吃進去可能會變成毒素，勸各位切莫嘗試。」

……我都還沒說，他就先解釋了。

然而他說得對，隨便將這東西吃進體內，身體發生異狀都不奇怪。

如果有毒，北斗會先告訴我有危險……

「嗷嗚……」

「怎麼了？該不會有毒吧？」

「呃……牠說沒有毒，不過感覺得到一股討厭的魔力。」

北斗卻不知為何躲在我身後。

因此，我猶豫著該不該把葉子給菲亞，這時理應待在家裡的菲亞，扶著愛莎走到我身旁。

「菲亞⁉妳怎麼出來了？」

「對不起。不過……我無論如何都想近距離看看這片樹葉。」

「我、我也是。想不到有跟姊姊一樣，令我移不開目光的東西……」

「對妳們來說很正常。因為這是聖樹大人的一部分。」

本以為聖樹說不定是稱號，實際上是高等妖精的長老，看來真的名副其實是棵樹。

而且即使菲亞抗命，他也沒有生氣，謎團愈來愈多了。

「違背聖樹大人命令的我，真的可以收下嗎？」

「不必客氣。我等不會因為妳收下，就對妳提出什麼要求。」

或許只有妖精才能明白個中原由吧，菲亞顯得毫不介意，伸手接過葉子。

接著輕輕對我笑了一下，緩解我的擔憂，毫不猶豫將它含入口中。

效果似乎很快就出現了……但有點不太對勁。

「……咿呀⁉」

「姊姊⁉」

「菲亞姊⁉喂，你搞什麼鬼！」

「唉……那位大人又做這種事了。」

眼看菲亞摀著嘴巴開始呻吟，兩人大驚失色，眼前的高等種卻在抱頭嘆氣。

我立刻衝到菲亞身旁，用「掃描」幫她檢查，結果發現不僅沒有異狀，那麼虛弱的身體還徹底康復了。

連對身體不會造成影響的小傷、內臟些微的疲勞都消失不見，說整個人蛻變重生了都不為過。

我將菲亞交給跑過來的艾米莉亞及莉絲照顧，對八號投以譴責的目光：

「所以？到底是怎麼一回事？」

「只是個惡作劇吧。那位大人常常會做沒有意義……十分無聊的事。」

「這哪叫惡作劇？你看，菲亞姊那麼痛苦！」

「咳……我、我沒事。只是有點……不對，非常酸而已。莉絲，不好意思，可以給我水嗎？」

之前完全沒有表現出任何情緒的八號，如今露出發自內心覺得傻眼的表情：

「照理說，聖樹大人的葉子沒有那種效果，想必是為了整人，才特地使其產生變異吧。真的很無聊……」

「你們口中的聖樹大人，到底是怎樣的存在啊。」

「是一位會做這種無聊事，如同調皮小孩的大人。」

八號逐漸表現出像人類的情緒，大概是拿下身為聖樹使者的面具了。他對聖樹忠心耿耿，此刻卻像個對傷腦筋的小孩感到無奈的父親。

話說回來，剛才幫北斗梳毛的時候也是，總覺得有點懷念。

「我開始在另一種意義上不想見聖樹了。」

「我很想贊同這是明智的抉擇，不過仍建議各位走一趟。尤其是……為了身為妖精的她著想。」

至少八號比我更瞭解妖精，他說的話最好認真聽進去。

說實話，我覺得聖樹是頗可疑的存在，但菲亞不只痊癒了，還變得比以前更有精神，應該不會是敵人。

許多謎團似乎也能得到解答，或許該去見他一面……

「欸，天狼星。要不要去看看？」

「……這樣好嗎？去了說不定就回不來囉？」

「什麼事都沒弄清楚，也會讓人覺得心裡有疙瘩不是嗎？搞不好會沒辦法繼續無憂無慮地旅行。」

說得也對……事情都演變成這個地步了。

身為中心的菲亞推了猶豫不決的我一把，只能做好覺悟。

「知道了。不過萬一有什麼事，我就算抱著妳都會逃掉。」

「嗯，到時就麻煩你囉。高等妖精大人，可以請您帶我們去見聖樹大人嗎？」

喝下莉絲給她的水，恢復鎮定的菲亞如此說道。高等種點了下頭，環視周遭，指向他剛才走的那條路：

「這樣我就不會被聖樹大人責罵了。再提醒一次，森林裡沒有鋪好的道路，建議各位整裝後再啟程。」

「我們本來就打算逃走，已經做好準備了。隨時可以出發。」

雖然決定要去的只有我跟菲亞，但弟子們本來就不可能拒絕同行。早在我們交談時，那三人就先回到家中開始收拾行李了。

菲亞也已經徹底康復，八號又表示要去的話最好快一點，因此我們決定立刻啟程，然而……

「聖樹大人邀請的只有她，以及從外界來的這幾位，沒有叫妳。」

「唔!?可是姊姊要去，我怎麼可以不去。」

想偷偷跟過來的愛莎被阻止了。

她抓著菲亞的手臂不肯放開，菲亞露出「拿這個孩子沒辦法」的笑容，從八號手中接過剩下那片葉子：

「愛莎，我爸醒來後把這給他吃。還有，希望妳幫忙對他說明事情經過。」

「唔……」

「還沒遵守規定，到外界旅行過的妳，萬一惹聖樹大人不高興，變得再也不能待在這裡怎麼辦？而且正因為妳是我的妹妹，我才能放心將爸爸交給妳照顧……聽話好嗎？」

「……好的。」

愛莎自己也明白吧，她咬緊牙關點頭，接過聖樹的葉子，走向菲亞家門面。這樣就不必擔心菲亞的父親了，可以安心出發。

「我會祈禱姊姊能平安歸來的！」

愛莎兩眼泛淚，朝這邊揮手，在她的目送下，我們啟程前往聖樹的所在地。

於前方帶路的八號說，要經過半天左右的路程才會抵達聖樹跟前。

在延伸至地平線的廣大森林中走半天就能到，距離到底有多近啊——我本來還這麼想，不過疑似是因為聖樹用不可思議的力量扭曲了距離。

真的徒步走去好像得花半年，若沒得到聖樹及高等妖精的認同，幾乎沒辦法抵達目的地吧。

森林裡的路，窒礙難行到讓人覺得拚命跟在愛莎身後走過的那段路，根本不算什麼。

我們雖受過在不平穩的地面上行進的訓練，卻完全比不上八號這個活在森林中的高等妖精，要不是有他帶我們走在相對好走的道路上，八成不可能半天就抵達。

「這座森林儼然是片樹海。」

「全是不認識的植物呢。看得出從來沒有人類進來過。」

周圍傳來魔物的氣息，八號手一揮，氣息便離我們遠去，可見在這座森林裡，高等妖精是近乎於頂點的存在。

沒有魔物來襲雖然有些乏味，由於道路崎嶇的關係，我們沒什麼心力顧及其他事。有在鍛鍊體力的莉絲也差點跟不上，所以走到一半就騎到北斗背上了。

另一方面……在我們之中最有精神的人是菲亞。

她宛如跳舞般踩著樹根前進，甚至還愉快地哼著歌。完全無法想像不久前連走路的力氣都沒有。

「妳心情真好。是因為在森林裡嗎？」

「嗯，光走在裡面就好舒服。尤其是這座森林，力量會不停湧出，現在我可能可以用風載著大家走。」

「這很正常，因為妳離聖樹大人愈來愈近。不過……原來如此。難怪聖樹大人會傳喚妳。」

八號邊走邊回頭，看見菲亞開始小跳步，一副解開疑惑的樣子點點頭。

「一般妖精只會提升些許力量，妳則蒙受了好幾倍的恩惠。」

「波長相合……的意思嗎？」

「我認為是。但遠遠不及我們。」

「哦……高等妖精果然是因為從聖樹那邊得到力量，才會那麼強嗎？」

「是的。只要處在這片森林周遭，我們都能憑藉聖樹大人的加護，獲得無限的力量。」

魔力是從外部獲得的，以及逃出森林他們或許就不會追過來的推測，看來都是正確的。

八號輕描淡寫地吐出怎麼想都是弱點的情報，說不定這就是他沒打算與我們為敵的證明。

我們一面閒聊，一面在沒有鋪路的森林中前進，穿過好幾棵巨樹開出來的天然洞穴，最後出現一道巨大的絕壁阻擋在面前。

「比想像中還快。可見各位的體能有多麼優秀。」

「不……那不重要，這道牆壁到底是什麼？」

「你們看，看不見天空耶。」

直達天際的絕壁似乎穿透了雲層，彷彿這裡就是世界盡頭。恐怕連我的「空中踏臺」都跨不過去。

不只高度，寬度也相當驚人，八號卻開始沿著無邊無際的牆壁走，因此我們雖然驚訝得目瞪口呆，還是乖乖跟在後面。

過了一陣子，八號在被巨大樹根刺破的牆前停下腳步。

「欸，姊姊，這個樹根……是不是怪怪的？」

「對呀。從大小來看，樹木本身想必非常大。」

「這是聖樹大人的樹根。然後，這裡就是入口。」

這就是……聖樹的根？

粗到我們五人牽著手都圍不住。如姊弟倆所說的，光樹根就這麼粗了，聖樹本身肯定大得超乎常理。

八號將震驚不已的我們晾在一旁，碰觸樹根咕噥了一句話，巨大樹根便緩緩移開。

樹根徹底消失在牆壁的另一側，露出連巨人都過得去的入口。

「如各位所見，沒有聖樹大人的允許是無法通過的。」

「喔……好厲害！不過砍斷這個樹根或是用火燒，不就進得去了嗎？」

「不可能。世上不存在能燒傷聖樹大人的火焰，況且要是有人圖謀不軌，我等會立刻集合發動攻擊。即使是開玩笑，也請注意今後別說這種話。」

「喔、喔！我會小心……」

每位高等妖精性格各不相同，就像和我們交戰過的那群人一樣，其中也有沒辦法把這種話當玩笑看的人。得多注意言行舉止了。

話說回來，我從未見過如此有活力的樹根。它根本不像植物，已經可以說是岩石了，用火燒不掉也很正常。就算想把它砍斷，也得是萊奧爾爺爺那種等級的劍士才有辦法吧。

永無止境的絕壁，用聖樹樹根堵住的入口。

儼然是單憑自然之力形成的鐵壁要塞。

「穿過這邊，就是聖樹大人所在的聖域。」

「終於要見到聖樹了……」

「嗯。繃緊神經吧。」

雖然不是去戰鬥的，但我們可是要踏入敵陣。

我用視線向大家確認，點點頭，穿過昏暗的洞窟，映入眼簾的是……巨大的樹木。

這裡離根部明明有一大段距離，這棵樹卻大到抬頭看不見樹葉，讓人覺得之前看過的那些樹簡直是小孩子。

「走吧。聖樹大人在那邊的樹根等候。」

陽光被絕壁及聖樹的枝葉遮蔽，不過周圍飄著無數顆散發淡淡光芒的魔力球，所以如同白天一樣明亮。

神祕的景象，彷彿來到了不同的世界。

再加上這片空間充斥溫柔的魔力，非常舒適。若不是在這種狀況下，真想睡個午覺。

我們走向根部，環視周遭，不時看得見八號以外的高等妖精和他們住的房舍。

「高等妖精總共有多少人？我沒看到幾個耶。」

「一百人左右。除非有事，否則大家都會在這待命。」

「周圍沒有田地，你們都靠吃什麼維生啊？」

「是有看到會結果實的樹，但我不認為那些量足夠呢。」

「我等不需要進食。那些樹是聖樹大人自己種的。」

和百狼是靠攝取大氣中的魔力活動同理，高等妖精只要有聖樹的魔力就足夠了。

我回頭觀察北斗對這個場所有什麼感覺，牠不知為何異常恐懼，往我身上蹭。

「看來不是被周圍氣氛影響的時候。」

「對呀。從來沒看過北斗先生這麼害怕的模樣。可是，其實我也有種討厭的感覺……」

「我也是。我的耳朵和尾巴一直繃得緊緊的，整個人靜不下來。」

「不過風精靈沒有反應耶？」

「嗯，奈雅也說沒事。」

野生的直覺告訴他們有危險，精靈卻說沒問題嗎？

其實我也有股不祥的預感，可以肯定那個地方有規格外的存在。

只不過……這次的預感和平常不同，不如說我不認為該避免跟聖樹見面。

「未必所有人都要到場，無須勉強自己，在這等候也無妨喔？」

「不，我不會從天狼星少爺身邊離開。」

「嗯！跟認真起來的大哥相比，這根本不算什麼……」

「嗷！」

我摸著為自己打氣的姊弟倆跟北斗的頭，走向前方，抵達聖樹的根部。

那裡有數名高等妖精，用不帶感情的雙眼靜靜盯著我們，其中也包含在和我們的戰鬥中落荒而逃的高等種。

不過……看來沒必要拔出武器。

「啊、啊啊……」

「嗚……救……」

「我等……為何要受如此對待……」

因為那三名高等種，全身都被從地底伸出的無數樹根覆蓋，只露出臉部。八號說得沒錯，這些人確實不可能再動到我們。

完成任務的八號離開我們身旁，跪在聖樹根部附近。

「聖樹大人，我把人帶過來了。」

『……辛苦了。』

清澈的女聲傳入耳中。

待在周圍的高等妖精同時跪下，由此可見，聲音的主人肯定就是聖樹。

所有人都納悶地望著聖樹，此時我察覺一件事，集中魔力、進入備戰狀態。

有如拼圖拼上了最後一片，至今以來產生的疑惑，一口氣消除了。

艾米莉亞立刻發現我的狀態並不尋常，與此同時，從聖樹溢出的光芒開始在我們面前凝聚，逐漸化為人形。

「嗷嗚……」

看來北斗也發現了，尾巴及耳朵無力垂下，逃到我背後。

光芒消失時……站在那裡的是一名有著燦爛金髮的女妖精。

「哇……」

「喔、喔喔……」

「……這就是所謂的『完美』吧？」

「不管對方是誰，我都覺得天狼星少爺更加帥氣。」

她的面容美到無論男女都會被吸引，連對女性興趣不大的雷烏斯都看呆了。

不只是標致的相貌，男人看了想必會被迷住的姣好身材，如菲亞所言，與完美一詞十分相襯。

美麗妖精掃了我們一眼，眯起眼睛開口宣告。

沒錯……宣告開始的信號。

『那麼……趕快來互相殘殺吧。』

——　艾米莉亞　——

『那麼……趕快來互相殘殺吧。』

從人稱聖樹的樹木中出現的女性妖精，這麼對我們說道。

事情發生得實在太過突然，與這句話一同釋放出的氣勢，令我們整個人僵在原地，一臉茫然，沒能馬上理解她的意思。

除了那個人……

「乖乖待好！」

天狼星少爺命令我們待命，衝向那名女性。

從這邊只看得見天狼星少爺的背影，但他完全不像平常那樣從容不迫，感覺十分認真。證明了那名女性是多厲害的強敵。

他命令我們待命，但我還是將手伸向武器，以防萬一，身體卻不聽使喚。

雖然不想承認，我完全被那名妖精釋放的壓力震懾住了。

「天狼星少爺……」

「大哥……一個人……可惡！」

「明明只是在旁邊看，卻讓人……喘不過氣……」

「這就是聖樹……嗎？」

理應早已習慣天狼星少爺殺氣及氣勢的雷烏斯，似乎也和我一樣……

「嗷嗚……」

甚至連那位北斗先生都動彈不得。

無論什麼樣的強敵都敢於面對的北斗先生，正因區區一名女性感到畏懼。

在我們拚命使自己振作的期間，天狼星少爺與妖精女性展開激烈無比的戰鬥。

天狼星少爺全力揮舞小刀，妖精也用不知何時出現在手中的木製小刀應戰，鋼鐵撞擊聲響徹四周。

天狼星少爺還毫不吝於發動「空中踏臺」，在空中飛躍，增加來自上下方的攻擊，積極發動凶猛的攻勢。

若是我們，八成會在這個階段落敗，令人驚訝的是，妖精不僅驚險地避開所有攻擊，還主動接近天狼星少爺，抓住他的手臂。

她直接使出過肩摔，企圖將天狼星少爺制伏在地，天狼星少爺硬是讓軀幹在空中旋轉，甩開她的手臂，在極近距離之下使出「麥格農」。

而且還是同時擊出五發……毫不留情。

『呵，你發明了挺有趣的魔法嘛。』

「打不中就沒意義了！」

使出全力釋放的那招魔法，連鐵塊都能輕易貫穿……妖精女性卻揮動小刀，輕易將它擊落。

等級明顯和我們不同。

那名女妖精究竟是誰……

『哈！都死過一次了，你的習慣還是沒什麼改變呢！』

「妳才是。還是一樣亂來啊！師父！」

咦……天狼星少爺的……師父？

《比萬物都還要自由的存在》

師父……擁有一頭柔順的金色長髮、令所有男人沉迷的美貌及肉體、超出常人的知識與戰鬥能力的最強美女。

名字她說她忘了，所以我都叫她師父，若要用一句話介紹……是個怪物。

不該這麼稱呼女性，但我想不到其他辭彙形容她。

師父是上輩子將在生死邊緣徘徊的我撿回家的人，是我的恩人。

所以我應當要感謝她，然而她對待我的方式實在過於隨便，我很難坦率地對她表達謝意。

我曾問過她，為何要把我撿回來，她疑惑地歪著頭，想了一會兒，最後說出來的答案是……

『理由……是什麼啊？起初是因為我肚子餓了，想把你當誘餌拿來抓野獸的樣子……噢，可能是因為我太無聊了。』

……就是這樣。

換言之，只是一時的心血來潮，或許是因為這樣吧，她基本上對我採取放任主義，要說的話有點像借我地方住的同居人。

師父的家事能力悽慘無比，尤其是廚藝，慘到做出來的東西堪稱兵器。因此為了活下去，我必須學會做家事。

不知不覺，打掃師父家、洗衣服、準備三餐成了我的工作……但我是被撿回來的人，沒有任何怨言。

看在旁人眼裡可能會覺得我們關係冷淡，可是遇見師父前，我是在孤兒院長大的，連親情為何物都不曉得，遑論見過雙親，導致我擅自認為人際關係就是這樣。

況且我當時無父無母，孤兒院又遭到破壞，一直經歷沒天理的事，所以一心只想變強。

因此我拜託師父鍛鍊我變強，也是理所當然的發展……沒想到那是地獄的開始。

師父說她很閒，一下就答應幫忙，但她原本的個性是那個樣子，訓練我的方式只有隨便兩字可以形容。

每天都差點在跟她進行模擬戰時被殺……

一個人被扔進有大量野獸棲息的深山中……

被丟到紛爭頻傳的戰場上……由於她的方法實在太胡來，我詛咒她的次數多到都數不清了。

真的是……虧我有辦法在那樣的地獄中存活。

有部分可能是因為我這個人不服輸，不過當時的我大概是覺得，只要能贏過師父，今後不管發生任何事都活得下來。講難聽點，我以前非常單純又愚蠢。

奇妙的同居生活持續了十年以上，我成長到能稱為大人的時候……不曉得是巧合抑或奇蹟，我第一次打中了師父。

我內心充滿終於達到目標的喜悅，隔天……師父留下一封信就消失了。

如今……

『唷，你把槍重現出來啦。可惜那種東西對我沒用！』

「威力比真槍大上數倍就是了！」

師父出現在轉生到異世界的我面前。

為什麼她會在這裡、為什麼她被人稱作聖樹，這些問題之後再說。

既然她主動說要開戰，不結束這場戰鬥，師父是不會好好跟我說話的。

一見面就開打，完全不是該對許久沒見的徒弟做的事，不過和她相處時這根本是家常便飯，那句話她也只是帶著「來玩吧」的輕鬆心態說出口的。

也就是說，這場戰鬥類似小貓在嬉戲。

對師父而言是這樣……然而。

這可是可能送命的認真遊戲，上輩子我好幾次差點死在她手下。再說，師父的字典裡並不存在「模擬戰」一詞。

我的心臟不只一次因為師父沒控制好力道而停止，每次都是靠她的力量讓我復活。

若弟子們加入這場戰鬥，師父可能會失手殺死他們，所以我在命令他們原地待命後才開打。

幸好弟子們被師父的氣勢壓制住，動彈不得，我才能專心戰鬥。

我一面閃躲攻擊，瞄準她的喉嚨揮出小刀，師父在皮膚差點被擦到的千鈞一髮之際閃過，持木製小刀刺向我的腦袋。

我側身躲開，師父卻迅速反手使出連續突刺，我揮刀將她的每一刀彈開。

近身戰持續了一會兒，每當兩把小刀的刀刃碰撞在一起，都會炸出火花。

「唔……那把刀到底是什麼材質！」

『問這什麼問題？如你所見，是木製的。』

「和祕銀刀碰在一起會炸出火花，哪能叫木製！」

『因為是我身體的一部分嘛！』

所以把它當成凶器是正確的。

總覺得它連鐵都能輕易貫穿，因此我拚命用小刀防禦、閃躲、卸開攻擊，不斷迴避，師父開口大笑。

『不錯喔……挺厲害的嘛！沒想到你會變得這麼強！』

「我也、深深感受到了師父的力量！」

與她正面交鋒後，我才明白。

上輩子我完全只是被她耍著玩，沒能讓師父發揮實力。

要是當時的我察覺到這絕望的差距，搞不好會放棄變強。

雙方的刀尖相撞，力量不相上下，導致我們的動作有了剎那間的停頓。

然而，兩把小刀很快就彈飛到空中，我直接踏出一步，用右手掐住師父的脖子。

之後只要使勁握緊，應該就是我的勝利；但師父也掐住了我的脖子，我們的另一隻手都放在對方胸前，隨時可以使出魔法。

飛出去的兩把小刀落地時，我輕輕吐氣，對師父說：

「平手嗎……還以為這次肯定能贏妳……」

『不，這具身體只是臨時的。就算你運氣好打倒了我，下一個我八成會把你大卸八塊。意謂著我的勝利是不可動搖的。』

「別講這麼恐怖的話。是說，妳這樣缺乏大人的風度。」

唉……師父真的一點都沒變。

她是從聖樹溢出的光芒中出現，由此推測，眼前的師父是用魔力做出的臨時身體，所以她說的應該是事實。

分出勝負後，我和師父放開對方的脖子，拳頭輕輕相碰。

跟師父的嬉戲就此落幕，我回到弟子們身旁，北斗第一個撲到我懷裡用鼻子蹭我。

「噢!?真是……不必那麼害怕。」

「嗷嗚……」

北斗還是小狗時，師父讓牠嘗遍恐怖的滋味，再加上她擁有超出常規的力量，會感到畏懼也很正常。

我撫摸北斗的頭安撫牠，茫然看著那場戰鬥的弟子們也困惑地動起來，一同走到我身邊。

師父的殺氣及氣勢讓他們動作還有點僵硬，其中最早恢復正常的艾米莉亞，面色凝重地問我：

「那個……天狼星少爺。如果我沒聽錯，您剛才叫那個人師父……」

「嗯。妳沒聽錯，她就是教我戰鬥及生存方式的師父。上輩子……不對，小時候我們就分別了，想不到會在這種地方再見。」

「……是撿到我們之前的事嗎？」

或許是因為太久沒和師父交手，過於亢奮了，差點不小心說成是我上輩子的師父。

「我知道妳有許多疑惑，但我也有一堆事搞不清楚。之後再說行嗎？」

不過，艾米莉亞沒漏看我的變化，擔心地凝視我。

「……對不起，是我僭越了。」

我摸了摸體貼的艾米莉亞的頭，轉過身，師父坐在以地面長出的樹根做成的椅子上。

眼看師父一副高高在上的模樣翹著腳，我忍不住吐槽：

「師父，這個姿勢對初次見面的人太沒禮貌了。」

『哎呀呀，你要對好久不見的師父說的就是這個？死了還是一樣愛嘮叨。』

「還不都是因為妳太邋遢，我才學會嘮叨的。硬要說來是妳的錯吧。」

『是嗎？哎，站著說話也不方便，坐這邊聊吧。』

講不過人家就會扯開話題，這點也沒變。

師父說我死了還是一樣，對我而言她才是真的沒變。

我深深嘆息，這時地面以師父為中心接連冒出樹根，組合成一張大桌及供我們所有人坐的椅子。

『來，你們也坐下吧。雖然坐起來不太舒服。』

「呃……」

「可以嗎？大哥。」

「對象是那個人的話，不坐她反而會更煩。」

見我不客氣地坐下，弟子們也戰戰兢兢坐到其他椅子上。

待在周圍的高等妖精不知何時消失了，只剩幫我們帶路的八號，以及被樹根困住的三名高等種。

師父伸著懶腰，跟八號要了八人份的紅茶。

她放鬆的模樣，令人懷疑剛才的殺氣跑哪去了。弟子們不知所措，但過沒多久，他們就開始恢復鎮定。

『那麼，先喝杯紅茶休息一下吧。八號，今天用六十七號。』

「好的。」

「六十七號？是某種暗號嗎？」

『是我種在這的茶樹編號。從一號到一百五十八號。』

來這裡的途中，弟子們看見的果樹，好像也只是用來泡紅茶的。

師父對紅茶的熱情大幅進化，我不禁傻眼，發現雷烏斯的臉有點臭：

「茶葉我還能理解，為什麼連這個人都要用號碼叫他？」

『因為他們長得差不多。一一取名字太麻煩。』

「可是那個名字好奇怪，應該給他們取更——」

『你有意見？』

「嗚!?」

「嗷嗚!?」

講白了點，師父很不擅長記人名。

事實上，她連自己的名字都遺忘了，所以我才會叫她師父。

但不知為何，如果有人不小心說她取的名字很怪，她就會發脾氣，像現在這樣。

比剛才更加強烈的氣勢，嚇得不只雷烏斯，連被波及的北斗都躲到我背後。

『唉。虧你們長那麼大隻，怎麼這麼沒用。』

「別欺負我的徒弟，能快點進入正題嗎？我有一堆事想問妳。」

『說得也對，先處理掉那邊的妖精好了。畢竟他們好像給妳添了麻煩。』

「妳說……什麼!?」

數度差點害死我卻從不道歉，不僅如此，連惡意都感覺不到的師父……竟然認錯了!?

我反射性仰望天空，只看見聖樹的樹枝，別說下紅雨了，連隕石都沒砸下來。

舉止可疑的我被晾在一旁，突然被點到名的菲亞緊張地回問：

「那個……聖樹大人。我聽八號大人說，您並不氣我違背您的命令？」

『嗯，不氣啊。我反而佩服妳有那個膽量無視我，逃出森林。』

「那麼敢問您為何傳喚我？我明白這個願望十分無禮，但我今後也想和天狼星他們一起在外面的世界旅行，無法留在這……」

『我不會叫妳留下。聖樹有義務將某個東西授予符合條件的妖精。』

師父手心冒出一個小小的圓形物體，像在彈硬幣般彈向正上方。

『這是我的種子。我不清楚事情緣由，只是想把這東西交給回到森林的妳，才命令一百二十號他們帶妳過來，結果中間好像出了差錯……』

她說的一百二十號，似乎就是跟我們戰鬥的妖精。

倖存下來的三人被聖樹的根部裹住，看起來非常痛苦，但我毫不同情。

『我不小心製造出覺得違反我命令的人都有罪、傲慢又頑固的白痴。就算想重新調整，他們也才出生兩年左右，所以我本來想再觀察一下，看來是我失策了。』

「「「兩年!?」」」

這個事實令弟子們震驚不已。

因為即使是長壽的妖精，也會有數十年處在孩童時期，跟我們戰鬥過的高等種卻怎麼看都是成年人。

『高等妖精是聖樹生出來保護自己的存在。需要的是能成為即戰力的士兵，孩童時期和除此之外的感情沒有意義。』

「可、可以請問一下嗎?您是怎麼……生出他們的?」

『像這樣從根部……咚一下。抱歉,現在不是那個週期,沒辦法表演給你們看,放棄吧。』

簡單地說,聖樹類似蟻后。規格和規模當然天差地遠就是了。

『平常都會生出像八號那樣的,不過偶爾也會出現混雜我的記憶的特殊個體。』

現在我們知道高等妖精感情淡薄,以及菲亞遭到攻擊的理由了。

我正準備問她要給菲亞的東西是什麼,師父露出得意的笑容,再度用手指彈起種子。

『這個嘛。問一下那隻小狗好了,一百二十號他們強嗎?』

「小狗……是我嗎!?呃——是的……非常強。」

『他們是守護聖樹的士兵,強是正常的。不過啊,一百二十號他們的能力,只有在我的加護範圍內才能發揮。』

來到這裡之前,八號為我們簡單說明過,師父則解釋得更加詳細。

加護傳達得到的範圍,好像到進入菲亞的故鄉前,我們紮營的那片草原為止。

在聖樹的加護範圍內,體力及魔力都會瞬間恢復,似乎沒辦法擊倒他們,除非像我一樣砍掉頭部,讓他們徹底消滅。

那項能力近乎作弊，代價則是離開加護範圍的高等種會急速衰弱，沒幾天便會死亡。

是說，為何要向我說明這種事？我一頭霧水，聽見師父說有東西要給菲亞，才想到一個可能。

『看來你猜到了。沒錯，不只高等妖精，普通妖精也一樣，沒有聖樹的加護就活不下去。』

「可是，菲亞小姐在森林外也能正常生活呀？」

「嗯。我的故鄉也有很有精神的妖精。」

『因為那些妖精和八號他們不同，高等種的血液沒那麼濃。區區十年還撐得住。』

遙遠的往昔，誕生時感情特別強烈的高等妖精與其他種族相戀，兩人所生的子嗣似乎就是妖精。

妖精的新情報接連揭曉，菲亞興味盎然地頻頻點頭，咕噥道：

「出去旅行後十年就必須回來，原來是因為這樣。要在森林裡待十年才能再出去，也出自這個原因……」

『是為了讓失去的加護恢復。』

據菲亞表示，遵守規矩出外旅行的妖精，有幾個人再也沒回來。

大部分是因為被魔物或人類襲擊，不過其中應該也有趕不回來、因而衰弱致死的妖精。

又多知道一個在外面鮮少看到妖精的原因。

「師父，你有把種子交給其他人過嗎？」

『在我這一代還是第一次。聖樹是時機來臨就會繼承給新聖樹的存在。』

「聽前任者說，約莫兩百年前曾賜與一名男性妖精。是個好奇心旺盛的孩子，我記得……應該是叫羅德威爾。」

八號提到一個令人懷念的名字。

難怪他身為妖精，還能在艾琉席恩待一百年以上。

然而當下比起羅德威爾，我更想知道那粒種子的詳細情報。

「師父，菲亞收下種子後……會怎麼樣？」

『這種子是用來維持加護的，不會變得像八號那樣擁有無限的體力及魔力，也不會變身或占據她的身體，你大可放心。』

「可是，會有變化吧？」

『那當然。收下種子的妖精，死前會與聖樹同化，像我一樣成為下一任聖樹。要將種子吞進體內，也是為了更接近聖樹的存在。』

果然不會只有好事嗎？

但那是身為人族的我的觀點，妖精菲亞怎麼想才是最重要的。

順帶一提，當事者正納悶地歪頭看著師父：

「可是，為什麼是我呢？」

『各種知識及經驗，似乎會為聖樹帶來正面的影響。好奇心旺盛，樂於在外界四處遊歷的孩子最適合。』

「好奇心旺盛嗎……用這個詞形容菲亞小姐，再貼切不過了。」

「對呀。不是我自誇，就樂於在外界旅行這方面，我還挺有自信的。」

「菲亞姊，我覺得這沒什麼好驕傲喔。」

『旅行回來後，一堆妖精對外界感到絕望，窩在森林裡不肯出去。嗯，選妳的理由就是看中妳這一點。』

師父輕鬆的講話方式，好像讓大家的緊張感緩解許多。我倒覺得有點太缺乏緊張感就是了。

菲亞看樣子打算收下種子……真的好嗎？

「菲亞，妳確定要收下？當上聖樹的繼任者，之後會怎樣沒人知道喔？」

『哪那麼複雜。聖樹要做的只有把種子交給順眼的妖精，生出保護自己的高等種，遇到沒長腦袋的人不論種族直接揍飛。』

妳講話方式真的太隨便了。

不對……這個情況下，應該要說師父的個性過於樂觀。

我望向一旁，八號邊泡紅茶邊聽我們交談，深深嘆息。

「還有更要緊的事吧？怎麼看聖樹都是非常重要的存在……」

『的確，聖樹對世界而言是必要的，不過平常只要隨便監視一下就好。膩了的話大可找下個妖精，把工作推給他。』

講得像個打工仔似的。

事關菲亞的將來，我想問仔細點，這樣比較能放心。

我的身體下意識探向前方，菲亞卻輕輕握住我的手。

「我很高興你願意為我操心，不過沒事的。要說不擔心當然是在騙人啦，但這對妖精而言是無比光榮的一件事。所以我想收下它。」

「……是嗎？既然妳這麼決定，我再多嘴未免太不識相。」

「再說若是不收下種子，我不就得定期回來？成為聖樹也要等到幾百年後，沒道理猶豫。」

其實我們也可以在菲亞等待加護恢復的期間住在妖精村，菲亞卻搖頭表示不想被束縛將近十年。

「師父，聖樹平常都在做什麼？」

『基本上都在睡，沒異狀的話數十年只會有幾天醒來。不久前，我透過樹根得知妳的存在……』

師父雖說不久前，好像也是在菲亞回到故鄉的九年後，才選上她當適任者。

『等我察覺到時，妳已經跑出森林，我想說那就算了吧。結果又下意識感覺到妳的反應正在接近，兩天前才剛醒來。』

除去發生異狀時，聖樹還會為了賜與種子而特地醒來的樣子。

不過即使能感知到魔力，總無法連性格都看見，她要怎麼找像菲亞這樣的妖精？我問了一下，疑似是會偷偷派高等種去觀察。

『忘記說，不一定會由妳繼承聖樹喔。除了妳以外，我預計還會給其他人，從那裡面隨便挑一個。』

「這種事要先講！」

「啊、啊哈哈，看來可以不必顧慮那麼多了。」

就這樣，菲亞決定收下種子，重新在椅子上坐好後，對師父一鞠躬：

「聖樹大人，我……莎米菲亞，決定心懷感激地收下那粒種子。」

『是嗎？喏。』

給我向態度正經的菲亞道歉。

是說看這個展開，她該不會要……

「喝！」

師父揮手的瞬間，我反射性將手掌伸到菲亞前面握拳。

突如其來的動作令大家吃了一驚，不過看見我攤開來的掌心上，放著師父剛才拿在手中的種子，他們就明白了。

「真是，要給的話直接拿給人家啦。妳太隨便了！」

『吞下去不都一樣，這樣不是比較快？』

「別用手指彈！妳想射穿她的喉嚨嗎！」

雖說這粒種子並不硬，以師父的力氣，讓它像穿甲彈一樣飛過來都不奇怪。

從我抓住種子的觸感判斷，師父似乎有控制力道，但這樣會害我心跳差點停止，真希望她住手。

我瞪著師父，把種子遞給面帶苦笑的菲亞，將我跟師父的互動盡收眼底的艾米莉亞忽然笑出聲：

「呵呵呵……天狼星少爺平常都不會這樣，真稀奇。聖樹大人真的是天狼星少爺的師父呢。」

『嗯，是啊。我跟這個不服輸的傢伙相處了十年以上，很多事都是我教他的。』

「很多事嗎？不講理的事我倒是從妳身上學到很多。」

「不講理，可是……咦？十年以上……嗎？我和天狼星少爺相遇，是在……」

看來艾米莉亞發現矛盾之處了。

十年以上，就算直接從出生那年開始算，我也早就遇見兩姊弟了。

艾米莉亞應該是覺得明明一直待在我身邊，卻完全沒注意到存在感如此強烈的師父很奇怪吧。

『等等。你該不會沒告訴他們你是轉生來的吧？』

「是啊……因為我已經是天狼星了。」

「「……轉生？」」

上輩子我活到將近六十歲，在這個世界投胎轉世成嬰兒，這件事我從來沒向人提過。

關於我異常的成長速度及知識，我對弟子們和認識的人說那些全是在夢中學習、體驗過的。並非想隱瞞，而是這樣比較容易讓其他人接受。

況且……現在的我並非前世那名男子，而是亞里亞媽媽授予生命的天狼星。前世的我可以說是不同人，知道他的情報又有何幫助……我是這麼想的。

『你真傻。怎麼能對弟子隱瞞真相，更別說喜歡你的人了。你和他們建立起來的信賴關係，會因為這點小事就受影響嗎？』

「嗯……真是句開導徒弟的名言。如果妳臉上沒帶著充滿好奇心的愉悅笑容，我就會乖乖被妳騙過去了。」

『為什麼非隱瞞不可！』

「啊啊好了啦，我知道，妳冷靜點。我想想……這也是個好機會。」

於是，我對困惑的徒弟們說明了自己的前世。

誕生於另一個世界的我遇見師父，接受訓練，從事人稱特務的工作……

『唷……當年那個不服輸的小鬼當上了特務啊。你記得自己殺了幾個人嗎？』

「師父，妳安靜一下。」

之後為了栽培徒弟而退休，在年過六十時過世。

好了……弟子們得知這個事實，會有什麼反應呢？

我有點緊張，菲亞笑著滿意地點頭：

「老實說，這件事太超乎常理，所以我聽得一頭霧水，不過這樣我就明白了。難怪我們相遇時你明明還是小孩，言行舉止卻那麼可靠。」

「我跟天狼星前輩第一次見面時，也覺得他像我的父親，現在終於知道原因了。」

「大哥比爺爺還老嗎？」

「我的身體是如假包換的青年。不過……你們真的相信嗎？什麼異世界，一點都不合理，況且照這個說法，我的內在會變成年過七十的老爺爺喔？」

「在你身旁親眼目睹你神祕的行動及力量，自然會想相信。」

「你說你是轉生而來的，我不太能理解這個概念，但我們喜歡上的是，那個……是現在的天狼星前輩。」

「對啊。管他是不是老爺爺，大哥就是我的大哥！」

雖然本來就不覺得會因此被討厭，看見同伴們笑著接納我，還是十分感動。

弟子們反而為我始終瞞著他們一事感到遺憾的樣子，因此我輕輕低頭致歉，莫名安靜的艾米莉亞，悲傷地抬頭凝視我：

「天狼星少爺……會想回到原本的世界嗎？」

「…………」

這是我轉生到這個世界後，思考過好幾次的問題。

想讓沒辦法照顧到最後的徒弟們，見證自己實現曾認真述說的夢想，為此選擇助對方一臂之力的戰友。

毫無留戀……我說不出口。

不過，就算能回到那個世界……

「我已經是名為天狼星的另一個人，所以沒有想回去的念頭。更重要的是，這邊有你們在。」

「……是！我只要能待在天狼星少爺身邊就滿足了。」

艾米莉亞對我展露笑容，看來她非常擔心這件事。

我邊道歉邊撫摸艾米莉亞的頭，她大概是太感動了，抓住我的手臂輕輕啃咬。

『哦……你就是靠這招攻陷女人的嗎？我走之後，你變得很會和女性相處了嘛。』

「師父，這種時候妳應該看場合閉上嘴。」

『怎樣啦！跩什麼跩！』

她用手指彈了好幾粒種子過來抗議，我轉動脖子閃開，或是用手接住。對妖精而言這可是珍貴的東西，別隨便亂彈。

不久後，師父眼看射不中便放棄了。雷烏斯看看我又看看師父，面露疑惑：

「欸，師父跟大哥一樣是那邊的人嗎？」

『我原本就是這邊的居民，跟那位妖精妹妹一樣。做了許多實驗後發明出前往異世界的魔法陣，就用它去了那個世界。』

性格奇葩卻天賦異稟的師父，似乎趁到外界旅行時將魔法及武藝磨練到了極致。回到故鄉後，除了獨自鍛鍊外，她還持續鑽研魔法陣，花了近百年發明出前往異世界的魔法陣。

她的外表和上輩子完全沒有差異，一開始我還覺得奇怪，原來是因為她是妖精嗎？

「虧妳研發得出那種魔法陣。知道做法的人只有妳？」

『對啊。我設計成使用過後就會爆炸，消失得不留一絲痕跡，況且構造太複雜了，沒人模仿得來。重點是魔力需求量異常龐大，實質上等於不可能發動。』

「要多少魔力？」

『應該需要從全世界的人身上持續榨取數年的量。順帶一提，我當時是擅自拿聖樹的果實來用。』

聖樹似乎數百年才會結一顆果實，其中蘊藏魔石根本無法相比的魔力。

竟然私自把那麼珍貴的聖物拿來做實驗……太誇張了。

『然後就是在那邊的世界走到哪玩到哪，撿到你把你訓練得夠強後就回來了。哎呀……回到這邊的時候，上一代氣得要命呢。』

「聽起來可不是生氣就能解決的事。」

基於這些經歷……師父在數十年前繼承聖樹的身分，直到今天。

美其名繼承，總覺得只是要她負起責任，是我想太多嗎？

「怎麼說呢……我的理解力快跟不上了。」

「師父是這個世界的人，那大哥為什麼有辦法過來？」

『還不都是託我的福。我在他身上直接畫了魔法陣，讓他死後靈魂會過來這邊嘛。』

「等等。我不記得妳對我做過這種事，上輩子的身體也沒有疑似魔法陣的記號。」

「嗷嗚……」

『怎麼可能讓你看見？趁你們昏倒，我治療時順便刻在骨頭上了。』

和師父戰鬥，差點沒命的時候嗎？

雖說我當時沒有意識，聽了就讓人不寒而慄。

不出所料，果然是師父讓我轉生到這個世界的。

『好好感謝我吧。多虧我的庇蔭，你現在才能過著愉快的人生。』

看到這強賣恩情的笑容，我湧起強烈的衝動想揍她。想歸想，但我根本揍不到，所以更加令人火大。

「說起來，為何要讓我來到這個世界？妳打算讓我做什麼嗎？」

『沒有理由啊。』

「雖然大概有猜到，妳那麼直接，害我不知道該做何反應。簡單來說就是妳最擅長的心血來潮囉？」

『一部分是這樣，不過主要是出於憐憫。在最貪玩的年紀不厭其煩地和我戰鬥，別說青春了，孩提時期什麼都沒有的你未免太可憐了。所以才想試著讓你轉生到這邊的世界，順便做個實驗。那隻小狗是附贈的唷。』

「嗷嗚……」

「同情嗎？的確，我或許是個寂寞的小孩，但那條道路是我自己的選擇。雖然很想說不想被師父同情……」

然而……轉生後，我體會到了母愛，如今也在徒弟及戀人的陪伴下，度過充實的每一天。

回想起上輩子的地獄，很難老實地向她道謝……但現在或許說得出口。

「……謝謝妳，師父。」

「嗷！」

『呵……誰叫我明明把你們撿回來，卻幾乎沒做過父母該做的事呢。』

「真的。妳是不是只把我們當成方便的玩具或儲備糧食？」

『唔……是有這麼想過啦。』

「給我否定啊！」

「嗷嗚!?」

雖然道了謝，結果我跟師父的相處模式依然是這種感覺。

和師父聊到一個段落後，八號泡了紅茶端上桌。

「各位也別客氣。」

這紅茶似乎是用藉聖樹之力培育的花泡的，芳醇香氣令我們自然而然露出笑容。

「……好香。」

「而且味道也好棒。不介意的話，可以分我一點茶葉嗎？」

「若聖樹大人允許。」

淡淡的甜味，是口感非常出色的紅茶。

除了茶葉優質外，應該也是多虧八號泡茶的技術好。師父對紅茶挑到不行，疑似侍者的八號，肯定受過相當程度的訓練。

對我們來說這紅茶已經足夠美味，師父卻皺眉盯著杯中……

『唔……香氣不太穩定。你在途中加入了什麼邪念嗎？』

「十分抱歉。因為有人過度輕忽自身的使命，令我有點無奈。」

『別被這種小事擾亂心神啊。傷腦筋，你修行不足喔。』

「還不都妳害的。」

我一面吐槽毫不認為自己有錯的師父，一面心想，師父要怎麼喝紅茶？

面前放著茶杯沒錯，但眼前的師父是用魔力做成的臨時身體，我不認為她嘗得出味道。

弟子們似乎也有同樣的疑惑，一同好奇地看著她。八號收回師父面前的杯子……

『嗯……香氣雖然有缺陷，味道還不錯。』

「不敢當。」

走近聖樹根部，直接把紅茶淋在樹根上。

雖然稱得上是喝，這畫面真神祕。

之所以先將杯子放在師父面前才拿去倒，是為了讓她用取代桌子的樹根享受氣氛及香氣。味道則用聖樹的根部品嘗……

既然桌子同為樹根的一部分，倒在上面也沒差，但這應該是師父的堅持吧。

「……大哥。」

「我能理解你的心情，不過別管她。跟她扯上關係會很麻煩。」

本人很滿足，這樣就好。

我將難以言喻的心情切換回來，品嘗紅茶，師父疑似想到什麼，看了被束縛住的一百二十號他們一眼，接著對我投以銳利的目光：

『對喔……忘記處罰你了。』

「等等，什麼處罰？」

『還裝傻？我指的是一百二十號他們那件事。』

噢……我都忘了。

雖說迫於無奈，我奪走了兩位高等妖精的性命。

其他高等妖精應該也會在意，我必須為此負起責任。

「的確，我因為菲亞受到傷害，氣得很多事沒考慮到。若有處罰我會虛心接受。」

『那就好。我想想，要怎麼做呢……』

「聖樹大人且慢！」

從師父的個性來看，至少不可能殺我。

我已做好覺悟，慢慢等待判決，此時菲亞卻起身對師父下跪：

「這次的事件，起因在於我擅自離開村落，觸怒了高等妖精大人。所以懲罰並非由天狼星，而是該由我接受才對。」

「主人犯法，隨從同罪。要處罰天狼星少爺的話，請連我一起處罰。」

「我也是懷著殺意對他們揮劍的，跟大哥一樣！」

「請將出手妨礙的我也算進去。」

「嗷嗚！」

等我發現時，大家都已站起來低下了頭。

直接動手的只有我，用不著連你們都來扛罪吧。真是……傷腦筋。

但我也並非不感到欣慰，所以有點猶豫該怎麼勸退他們，這時師父忽然開口大笑起來：

『哈哈哈！沒想到你這麼受愛戴，還挺行的嘛。』

「是啊……他們是我引以為傲的徒弟、戀人。所以師父，處罰我一個人就……」

『誰要罰那個啊。』

「「「……啥？」」」

「嗷？」

師父斬釘截鐵地說，弟子們及北斗同時歪過頭。

哎呀呀……果然是在指那件事嗎？

『一百二十號他們失控的下場是自作自受，不可能為此處罰你。我想罰的是你讓三個人逃掉了。』

「呃——？意思是，聖樹大人氣的是沒讓他們全滅？」

『有人找碴，要嘛徹底無視，要嘛回敬到底。不講理的人來取你性命，絕對要好好收拾對方……我一直是這麼教他的，他卻放走了三個人，太誇張了。』

「是沒錯，不過高等妖精好歹是妳製造出的存在吧？這麼隨便地叫我收拾掉他們不好吧。」

『就算是自己生的孩子，對不遵守規則的白痴無須留情。這點你不是再清楚不過了？』

「是……啦。」

不僅將師父看上的菲亞弄得半死不活，甚至對她的家人出手。

雖說他們才出生沒多久，讓犯錯的人負起責任才是師父的作風。

『總之我不會怪你們，畢竟生出這種白痴的我也有錯。好了，快坐下。』

「……好的。」

「喔、喔！」

『那麼，既然得出結論了，趕快處理一下吧。一百二十號……最後有什麼話想說嗎？』

師父詢問被樹根束縛住的高等種們，高等種指揮官呻吟著向她哀求：

「聖、聖樹大人……請您……網開……一面。」

『受我加護還打輸的人，怎有臉講這種話？況且未經我的允許就差點殺掉無關的妖精，真不知道該說什麼耶。』

「怎麼……會……我等是聖樹大人的……」

『儘管是為了保護我，我可不需要深信自己絕對正確的士兵。因為你們是我的守衛。』

師父輕輕彈了下手指，樹根便開始移動，覆蓋住一百二十號他們的臉。

接著，他們整個人被吸進去，與樹根同化，師父平靜地看著發出淡淡光芒回到地底的樹根。

『所以……下次重生時，別忘了自己的使命。』

並非不覺得她殘忍……但這就是聖樹及高等妖精的關係吧。

與其說死亡，更接近重生，因此我們沒有產生太多罪惡感，或許可以說是一種救贖。

就這樣，懲罰完回歸聖樹的高等種後，師父像要轉換心情般對八號開口：

『好了，剩下就是要安撫因此感到不安的妖精囉。八號，你隨他們一起回村，這樣對村民說明——那位妖精受到我的加護，對一百二十號他們出手的男人則獲得了我的原諒，所以無罪。』

「遵命。」

「謝謝妳給了這麼好的說法。」

『只是正確陳述事實罷了。嗯，我要說的就這些，你們之後打算怎麼辦？沒有床，不過這一帶可以讓你們自由休息。』

「這個嘛……」

雖然聖樹的魔力照亮了四周，以時間來說已經是晚上。

師父也表示我們可以在這邊過夜，或許該接受她的好意……但師父人在附近，只會讓我有不祥的預感。

看我沒辦法馬上回答，姊弟倆及莉絲笑著碰觸我的手臂：

「大哥，好不容易跟師父重逢，今天就住這邊吧。」

「我也覺得這樣比較好，你們應該也有很多話要說。」

「基本的用品都有帶在身邊，天狼星少爺，您意下如何？」

菲亞什麼都沒說，可是大家似乎都傾向留下來。

待在遠處的高等種對我們毫無興趣的樣子，在這邊也不必擔心被魔物襲擊，就好好利用吧。

「那麼各位，準備紮營。」

「好耶！我等等要跟師父打一場！」

「勸你最好不要。」

雷烏斯毫不掩飾喜悅，女性組則露出十分詭異的笑容。

八成是想向師父打聽我的過去。

順帶一提，我煩惱的原因，是怕愛惡作劇的師父害弟子們大吃苦頭。

算了……這也是一種經驗。

「師父，我們決定好了。這邊就借我們用囉。」

『好。做屋頂太麻煩所以我懶，不過如果需要桌椅，可以跟我說一聲。』

「聖樹的枝葉可以充當屋頂，有被子就夠了。」

這邊氣候十分穩定，打地鋪也沒問題。

八號開始收拾紅茶時，我們將北斗背著的行李卸下，著手準備紮營。

本來在樹木附近嚴禁用火，但八號泡紅茶的時候完全沒顧慮，所以我們也不必客氣了。再說師父斷言聖樹不可能因為做個菜就燒起來，我們便直接生火下廚。

我請八號分我一些拿來泡紅茶的香草，利用攜帶式調味料及肉乾燉了簡單的湯，看見握著劍的雷烏斯在不遠處和師父對峙。

剛才他說想跟師父交手，立刻就採取行動了。

「請多指教！」

『放馬過來。』

我已經告訴他最好不要，然而雷烏斯堅持想親身體會師父的力量。

我勸不動他，只好建議他要打的話一開始就拿出全力，還有要以防禦為重。我也跟師父叮嚀了好幾次，叫她不要太超過，可是……說實話，我很不安。

希望骨折就能了事……

「喝啊啊啊啊——啊啊!?」

『動作不壞，可惜還有得學呢。』

師父像在驅趕小蟲子似的，隨意用手掌撥開雷烏斯全力揮下的劍，然後直接抓住雷烏斯的手，將他砸向地面。

她表現得實在太過輕鬆寫意，雷烏斯一臉錯愕，師父則帶著猙獰的笑容俯視雷烏斯。

哎……我想說的是。

希望他盡情體會世間的不合理之處，以此為糧。

師父與雷烏斯激烈的戰鬥聲響徹四方，艾米莉亞在我旁邊泡紅茶，神情嚴肅。

「……嗯，時間到了。之後再把茶杯加溫……」

「別太鑽牛角尖喔？要配合師父的要求根本沒完沒了。」

「不會，身為天狼星少爺的隨從，自然得滿足主人的恩人。」

不久前，師父得知艾米莉亞是我的隨從，便叫她泡杯紅茶給她喝喝看。

或許是隨從之血使然，艾米莉亞立刻答應，從剛剛開始就全神貫注在泡茶上。

其實我不想跟師父對紅茶的講究扯上關係，但我也沒理由阻止艾米莉亞。

我在內心希望艾米莉亞別受到太大打擊，攪動湯鍋，發現正在幫我做菜的莉絲望著其他地方，僵在原地。

「好痛痛痛痛痛!?為什麼這麼容易……我的手啊！」

『哈哈哈，如果你抓得到繩子，我是可以放開你，可惜這裡沒有繩子。』

「什、什麼繩子!?呃啊啊啊啊啊！」

莉絲的視線前方，是被師父摔在地上、用名為腕挫十字固的關節技固定住的雷烏斯。

師父會用絕妙的力道壓制對方，所以痛得要命。

「那個，天狼星前輩，雷烏斯他……」

「那樣還不會有事。只是會痛而已。」

上輩子我吃過那招好幾次，應該不會錯。

再說，使出那種關節技的時候，就代表師父只是在玩。

不過雷烏斯整個人被擒住，卻沒有放開劍，真是毅力可嘉。

另一方面，艾米莉亞泡出滿意的紅茶，端給坐在桌前的師父。

補充說明一下，在和雷烏斯玩的是第二個師父，這邊這位才是一開始的師父。由於是臨時的身體，同時製造出兩、三個人似乎也不是不可能。

同時存在好幾名師父……前世一無所知的我看了，八成會放聲尖叫。

『妳用了哪種茶葉？』

「您稱之為三十四號的花。因為它的香氣和天狼星少爺喜歡的茶葉類似。」

『唔……帶出香氣的技術還算及格。淋在我的樹根上吧。』

艾米莉亞聽從師父指示，跟八號一樣將紅茶倒在聖樹的根部。不管看幾次，這個畫面都很有趣。

師父閉上眼睛品嘗（？）紅茶，接著緩緩睜開眼，瞪向艾米莉亞：

『……三十分。』

「!?」

比想像中還低的分數，導致艾米莉亞面露驚愕，倒退一步。像是……漫畫或故事書裡那種背後落下閃電，大受打擊的感覺。

「為、為什麼!?茶具我也加熱到適溫了，連最後一滴都仔細地……」

『浸萃的水溫太低！要用九十五度的熱水，沖入時維持在這個角度！泡得太濃有時會讓整杯茶廢掉，水的含氧量也很重要！』

「含、含氧!?我不太清楚這是什麼，不過差這麼多嗎……」

『我們喝紅茶的覺悟不同！我啊，可是抱持如果有人端太難喝的紅茶給我，就滅掉一個村莊的覺悟在喝茶的！』

好干擾他人的覺悟。

儘管無法確定她有沒有真的去滅村，這句話我在上輩子也聽過。再聽一次還是覺得有夠莫名其妙。

『聽好囉？關鍵在於注意水沸騰前的氣泡……』

「是！這就是信號對吧。」

師父挑剔到正常人應該會想拿湯匙砸她，艾米莉亞卻勉強跟得上她龜毛的程度。她認真觀察著，貪心地企圖吸收師父傳授的知識。

『接下來是這招！怎麼樣，如何啊？』

「啊啊啊啊啊啊!?到底為什麼——好痛好痛！」

這時，雷烏斯中了師父的四字腿部固定技。他痛得放開劍哀號，大概是終於撐不住了。

「好、好厲害。竟然能把雷烏斯耍得團團轉。」

「天狼星前輩以前就是每天都在跟那樣的人訓練呢。」

「是啊。不曉得我心靈受創了多少次……」

菲亞和莉絲看著我苦笑，眼神帶著一絲憐憫，八成不是錯覺。

其實上輩子只有我和北斗，所以我是第一次站在旁觀者的角度看，結果比想像中還慘烈。

我自己都覺得不可思議，虧我有辦法跟那樣的人戰鬥近十年。

最後是怕師父怕到不行的北斗的反應……

「嗷嗚……」

牠為師父變成兩個人一事感到恐懼，死都不肯從我身邊離開。

過了一會兒，晚餐煮好了，於是我叫大家集合，卻遲遲沒辦法開飯。

因為艾米莉亞在短時間內被灌輸大量的知識，眼神空洞；雷烏斯倒在附近，一動也不動。

「水溫九十五度……沖入的角度是……」

「艾米莉亞，晚餐煮好囉……吃飯吧？」

「咦，噢……我沒事。不過這個湯……沒有冒泡，溫度不適合泡紅茶呢。」

「那是湯啦！振作點，艾米莉亞！」

艾米莉亞碎碎念著，分不清紅茶與現實，莉絲抓著她的肩膀搖晃。

「來，雷烏斯，不快點起來的話，你的晚餐會被吃掉喔？」

「啊……嗚嗚……我的手臂……往那個方向彎……住手……」

「……沒用呢。他身上明明一道傷都沒有，怎麼會這樣？」

「因為師父的攻擊都是從體內慢慢折磨的類型。雷烏斯的精神在逃避現實吧。」

換個說法就是，不只身體，他的心靈也遭受挫折了。上輩子的我也常常被師父搞到精神創傷。

然而現在是晚餐時間，必須盡快讓他們恢復正常。

我決定先從對菲亞的呼喚毫無反應的雷烏斯下手，撐起他的上半身走向北斗。

「嘿咻，雷烏斯也變重了呢。北斗，上。」

「嗷！」

「噗嗚!?咦……我什麼時候睡著的!?」

北斗抬起前腳賞了牠一巴掌，雷烏斯便回歸現實了。因為牠的肉球能給予適度的衝擊。

接著是眼神依然空洞的艾米莉亞，我慢慢撫摸她的頭……

「適合配這道湯的紅茶是……呵呵呵……」

「……她只認得出天狼星前輩的手。」

艾米莉亞跟平常一樣開心地搖起尾巴，再摸一陣子就會恢復了吧。

師父看著我們，一面品味八號泡的紅茶的香氣，一面嘀咕道：

『口口聲聲說他們是你的弟子、戀人，結果你對待他們的方式簡直像寵物一樣。』

「希望妳明白，這絕對不是我自己願意的。」

『哎，我是無所謂啦。不管寵物還是性奴隸，你喜歡就好。』

「師父，妳嘴上說無所謂，我卻從妳的用詞感覺到惡意。」

「呵呵……要我當天狼星少爺的寵物還是性奴隸，我都不介意……」

「啊……回來了。」

艾米莉亞總算恢復正常，我們終於開始吃晚餐。

雖然光是會喝紅茶這點就夠奇怪了，師父是聖樹本體，因此不必進食。

但她一直盯著我們吃飯，我便基於開玩笑的心態問她要不要喝湯……

『湯的話或許可以。八號！』

「唉……遵命。」

『嗯……很久沒喝了，湯也不錯呢。不過我喜歡味道更濃一點的。』

「可不可以表現得更像聖樹……更像植物一點。」

『我只是在做我自己！』

八號也深深嘆息，師父儼然是位任性的公主。雖說是臨時身體，因為她的臉長得太好看，反而更加突顯出她的缺陷美。

菲亞說妖精將聖樹視為神聖的存在……這副德行實在不能讓他們看見。

我傻眼地繼續吃飯，菲亞向又要了第二碗湯的師父提問：

「聖樹大人，可以請您分享天狼星在異世界時是什麼樣子嗎？」

『這傢伙小時候的事嗎？嗯，要我講多少都行。』

「天狼星前輩遇見我們前，是怎樣的小孩呀？」

「至少可以確定，天狼星少爺從小就是努力不懈的優秀人士。」

「對啊。大哥不是一直在跟師父戰鬥嗎？那可不是隨隨便便做得來的。」

兩姊弟對我寄予純粹的信賴，害我有點不好意思。

然而，我小時候也很單純，希望他們不要過度期待。雷烏斯則是親身感受過師父的威力，不難理解他會對我心生崇拜就是了。

於是，師父開始述說與我共同度過的生活，我也沒有阻止。

「……嗷。」

北斗歪過頭，彷彿在問「你不阻止她嗎」，事已至此，我倒覺得無所謂。

說實話挺難為情的，可是我不忍破壞這愉快的氣氛。

我摸著北斗的頭，傾聽師父和徒弟們聊天。

只不過……

『對了，那傢伙好幾次趁我睡覺的時候跑來偷襲。當下我深深體會到，這個只對打贏我有興趣的孩子也是個男人。』

「啊、啊哇哇……」

「呵呵，沒辦法，天狼星畢竟是男生嘛。我隨時歡迎他來夜襲我就是了。」

「天狼星少爺，我隨時樂意奉陪。」

「不不不……妳說的是我六歲左右的事，那時我只是想打倒妳好嗎？」

唯有這點必須訂正。

師父雖然講得好像有那麼一回事，但當時我年紀還小，沒有性慾，還因為師父睡相太醜的關係嚇壞了。

順帶一提，趁她睡覺偷襲的結果是……我被用蓆子包起來吊在樹上，直到天亮。

師父接著說下去，弟子們一會露出笑容，一會露出擔憂的神情。

聽聞那根本算是謀殺的訓練內容，他們為之恐懼；聽見沒給任何理由就把我扔到戰場上，則投來憐憫的目光。

最誇張的是一知道我是孤兒，艾米莉亞和菲亞的母性本能就爆發了，用力朝我抱過來。

上輩子我和師父生活了十年左右……真的都在訓練。這大概就是所謂的灰色青春吧？

「還、還有嗎！」

『我記得……那隻狼還只是隻小狗的時候跑去森林裡散步，迷路了。那傢伙進去找狗，結果跟牠一起迷路，最後是我找到他們的。』

「嗷!?」

「北斗也有過這種經歷啊。」

「嗷嗷！」

「冷靜點，北斗。當時我們都還小，沒辦法。而且你迷路的原因是因為遇到熊，非逃不可吧。」

我們聊得不亦樂乎，度過熱鬧又愉快的夜晚。

「迷路的天狼星少爺……換成我一定會溫柔地保護他。」

「如果是在森林裡，不管在哪我都有辦法找到的說。」

「都說了那是以前的事喔？」

「嗷！」

隔天早上……我們做好出發的準備，師父來為我們送行。

「受您照顧了。這是段非常珍貴的經驗，我過得很開心。」

「真的很感謝您教導我各種知識。」

『是嗎？妳們滿意就好。我也挺愉快的。』

「下次我會努力撐久一點！」

『多練練啊。至少要讓我出些正經的招式。』

「是、是！」

師父和姊弟倆及莉絲說完話後，面向菲亞伸出手，菲亞略顯困惑地握住她的手。

『妳收下了我的種子。多看看這個世界吧。』

「是！聖樹大人，願日後再相見。」

『哈哈哈！用不著那麼恭敬，想見我直接來就行了。還有……』

師父緩緩揮了下手，聖樹的樹枝便從上空落下，菲亞反射性接住。

長度差不多有我的兩手臂長，整根樹枝彎曲得很厲害，看起來像沒有裝弦的弓。

『這把弓拿去吧。就算妳會用強力的魔法，手牌還是愈多愈好。』

「竟然賜給我如此珍貴的東西……謝謝您。」

『這是我給妳添麻煩的賠禮。不過弦妳要自己找喔。』

聖樹樹枝做成的弓嗎？從師父的力量來看，感覺會是最強力的武器。

我正準備詢問有什麼特殊效果，發現師父的目光不知何時落在我身上，面帶微笑。

這笑容……她八成又要惹麻煩了。

『有件小事想拜託你，你願意答應嗎？』

「別太強人所難的話。」

『放心，沒多麻煩。過去我在環遊世界時，製造了各種魔導具。一有想法我就會做出來放在當地，所以世上可能還留有我的作品。』

「……我有印象。」

我在米拉教的根據地佛尼亞看過。

用來與米拉對話的魔導具上刻有師父的記號，原來真的是她做的。

『那就好辦了。假如你在旅途中發現我的作品被人拿去搞鬼，就替我破壞掉。不然總有件事懸在心上。』

「由我自行判斷沒問題吧？」

『沒問題。而且這委託不具強制性，有看到的話順便處理就好。』

不必有義務感或責任感，在能力範圍內幫忙即可，是否破壞也由我判斷。

麻煩……歸麻煩，我也不希望師父的東西被人拿去做壞事，能幫多少算多少吧。

至少佛尼亞的祭壇應該沒必要破壞。

在我思考除了佛尼亞外，還有哪些地方有師父的魔導具時，突然有個東西飛過來，我反射性抓住，是與師父交手時她所用的木製小刀。

萬一我沒接住，這把刀會直接刺中我的臉，不過事到如今吐槽這個也沒意義。

「好險……這是什麼？」

『慶祝重逢的禮物。那是我身體的一部分，對耐用度很有自信。』

「我親眼見識過了。畢竟它能跟祕銀刀對砍。」

乍看之下只是塊小刀形狀的木頭，我卻強烈感受到其中蘊含某種不明的魔力。想到這把刀是師父的一部分，就有點毛骨悚然……不過刀子帶多少把在身上都沒壞處。

而且仔細一想，師父鮮少送我東西，所以還滿開心的。就不客氣地收下吧。

我在內心盤算等到了下個村莊，要幫它做個刀鞘，師父笑著對我伸出拳頭，於是我也舉起拳頭跟她互碰。

『難得有投胎轉世的機會，盡情享受人生吧。』

「妳放心。我已經過得夠愉快了，之後也會和同伴們一同享受。」

『嗯，那就好。沒錯，說起旅行啊……』

身為聖樹這等存在，卻比全世界的人都還要自由奔放的師父……

『自由就是最好的。』

露出宛如孩童的天真笑容，目送我們離開。

《妖精的未來》

收下餞別禮，與師父道別後，我們再度跟著八號前往妖精村。

「不好意思，一直麻煩你幫我們帶路。」

「我不介意。聽從聖樹大人的命令就是我的存在意義。」

途中，我試著向走在前方的八號搭話，他依然面無表情，只是冷淡地回答。不過跟剛認識時相比，他的神情變得比較有變化了。

「待在聖樹大人身邊，她會一直用紅茶的事煩我，所以我偶爾也會想暫時離開她。」

「我懂……」

看來師父對紅茶的挑剔度，連情感淡薄的高等妖精都嫌煩。

身為擁有同樣經驗的人，我發自內心同情八號。

「雖然對紅茶的執著有點嚇人，但真的很好喝呢。」

「對呀。託她的福，我替天狼星少爺沏茶的技術又提升了。」

「我比較喜歡輕鬆一點。聖樹大人太認真了，會害人緊張。」

我望向在身後有說有笑的女性組，目前菲亞身上似乎沒有出現異狀。

儘管師父說過聖樹種子不具副作用，以她的個性……也有可能往奇怪的方向強化菲亞。

「菲亞，身體有異狀就騎到北斗身上喔，別客氣。」

「嗷！」

「謝謝你為我操心。不過我的身體狀況好得不可思議，沒問題的。說不定這也是多虧聖樹大人給的種子。」

菲亞說得沒錯，她的腳步相當輕盈，比用聖樹之葉治療時更有精神，但這段期間還是得用「掃描」替她診斷。

之後，我們耗費和去程同等的時間回到妖精村，眾多妖精在村裡的廣場列隊等待我們。

「哇……好熱鬧。」

「大家發現我們快要回到村子，全都跑出來了呢。」

「不僅和地位更高的高等妖精爭鬥，還去見了聖樹。他們八成很好奇我們接受了怎樣的懲罰。」

其中也有不斷用眼神叫我們快點滾出去的人，這也無可奈何。

在世人眼中，定居於森林遁世不出的妖精是非常罕見的存在，註定被許多人盯上。據菲亞所言，旅行歸來的妖精常會說自己屢次被外界的人攻擊，導致妖精自然而然對外人產生排斥感。

因此，我們是多虧救了現任族長——菲亞父親的恩情，以及站在旁邊的八號表現出友善的態度，才沒被趕出去。

菲亞的父親及愛莎站在那群人的最前面，靜靜看著我們，或許是因為在八號面前，他們不能擅自發言。

「交給我來說吧。各位，關於本起事件，聖樹大人有話命我傳達。請各位用心傾聽。」

聽見是來自聖樹的訊息，妖精們立刻挺直背脊，八號確認眾人的注意力都集中在這邊後，將手朝向我們：

「這些人獲聖樹大人寬恕，其力量還得到了聖樹大人的認同。聖樹大人也願意原諒犯下過錯的莎米菲亞，並授予她祝福。」

八號這番話令妖精們大吃一驚。誰都想像不到我們不僅平安歸來，還取得了聖樹的認可吧。

接著，菲亞按照事前商量好的流程，見八號一打信號便舉起師父的樹枝——弓。

由於沒有弓弦，看上去只是平凡的樹枝，不過妖精應該能察覺它的神聖氣息。

看到那把弓，妖精們立刻一同跪下。

「族長啊，抬起頭來。幸好你康復了。」

「是，全是拜聖樹大人所賜。」

「驚擾到各位的我的同胞，已由聖樹大人親手制裁。然而，我的同胞傷害了你，聖樹大人為此十分痛心，命令我將此物交予你，以表歉意。」

八號拿出彷彿只是隨便折斷的聖樹樹枝。

不同於菲亞的弓，外觀又小又普通，神聖氣息卻沒有絲毫差異，菲亞的父親緊張地接過。

「必要之際儘管使用，並傳承給下任族長。聖樹大人的加護是不滅的。」

「是！感激不盡。」

用人類來譬喻的話，或許類似被授予名譽勳章吧。

而且樹枝上還有幾片堪稱妖精萬靈丹的樹葉，是具實用性的東西。從聖樹的力量來看，即便是斷枝我也不覺得葉子會枯掉。

出乎意料的禮物，令妖精們高興得忘記我們的存在，八號見狀，靜靜轉身往森林走去。

「那麼，我告辭了。」

「感謝你的諸多協助。請幫我向師父問好。」

「我會的。各位也多保重。」

完成任務的八號，露出淡淡的微笑消失在森林中。

八號離開後，放鬆下來的妖精們緩緩起身，但他們只是困惑地望著我們，沒有半個人靠近。

雖說得到了聖樹的認同，長久以來對外人的不信任感，不可能輕易消弭。

本想先去找菲亞的父親說話，有個人卻精力十足地衝出來：

「歡迎回來，姊姊！幸好妳沒事！」

「我回來了，愛莎。」

「嗯！嘿嘿嘿……」

愛莎全速飛奔，撲向菲亞，用臉磨蹭她的胸口，展現喜悅之情。

然而，她因為太高興的關係，表情有點不堪入目，所以我默默移開視線。村長命令其他妖精解散後，走向我們。

「爸爸，你可以下床走路了嗎？」

「妳也看到了。妳才是，平安就好。」

「這還用說。我不只痊癒，還變得比以前更有精神呢。而且我有一堆話想跟你說。」

「等等。與其在這談，不如先回家吧。我想幾位客人並不介意？」

我們沒有意見，點頭同意，邁步而出。

儘管其他人看待我們的目光不甚友善，由於對方是菲亞的父親，誰都沒有插嘴。

我們和理所當然跟來的愛莎一起來到菲亞家，而現在……客廳的氣氛非常沉重。

「妳得到聖樹大人的認同，我這個做父親的感到十分驕傲。不過……」

「不只是我！天狼星他們也得到認同了，有必要講那種話嗎！」

「這跟那是兩回事。就算聖樹大人認同這幾位，我們實在很難去接納外人。」

因為菲亞正在和她的父親爭執。

除去我的前世，我們將在聖樹那邊聽見的事情做了說明，講到一半，她的父親卻這麼打斷我們：

『雖然對恩人講這種話使我過意不去，希望你們能早點離開村子。』

我們本來就沒打算久待，但人家說得那麼直接，心情自然不會太好。

最氣他的態度的人是菲亞，他們已經吵了一陣子。

「我是在和這些人談話，不是妳。待在這個村子也不會受到歡迎，建議各位盡快離開。」

「……我明白了。馬上啟程吧。」

「「咦!?」」

「大哥，這樣好嗎？」

在這種狀況下也不能讓精神好好休息，不如到森林外面露宿。

何況……從他的態度來看，總覺得另有隱情。

弟子們都很驚訝我一口答應，但大概是看我並不生氣，察覺到了什麼，乖乖收拾起東西。

「欸、欸！爸爸由我來說服，幹麼放棄得這麼快……」

「妳留下。我有話對妳說。」

「不要。大家要走的話，我也要一起走。」

「為什麼？沒必要連得到寬恕的妳都離開。」

「我是大家的同伴，天狼星的戀人。我決定要陪在他身邊！」

「姊姊!?」

菲亞故意摟住我的手臂，看都不看震驚的父親與愛莎一眼，拉著我走出家門。

打開門的瞬間，我發現有數名妖精在菲亞家附近偷看，我們一出現，他們就同時移開視線。

不是基於好奇心，明顯是對我們避之唯恐不及的目光。

被用那種眼神看待，菲亞似乎明白父親為何要那麼說了。

身為村長，必須盡快排除影響全村的問題。

「莫名其妙。大家……明明不一樣。」

「可是原因出在外面的人身上。最好別責備妳的同胞。」

我不想繼續待在這裡，看菲亞變得討厭族人。

我們和待在附近的北斗會合，走向村子的出口。

這段期間，視線愈來愈多，菲亞忽然回頭瞪向看著我們的妖精，開始述說：

「我……要再次跟這些人一起踏上旅程。雖然不知道是什麼時候，我一定會回來。」

「「「…………」」」

無人回應。

只有視線訴說著「為什麼要做這種事？待在這裡不就安全了嗎……」。

「你們一定覺得我很蠢吧？的確，如大家所知道的，外面的人為了滿足自己的欲望，想占有我們妖精。我也承認這點。」

「「「…………」」」

「不過，外面不是只有壞人。至少這些人都把我當成一名女性、當成重要的同伴對待。你們就是因為一直把自己關在森林裡，才會這麼偏頗！」

「……只有一部分的人類是這樣吧？」

「外面全是我們的敵人。」

這些妖精說的是正確的。

包含上輩子，不管到哪都有利欲薰心的人。

不過……菲亞想表達的不是那個意思。

她挑釁般的言論，令部分妖精開始反駁，菲亞卻毫不在意，直截了當地說：

「我不是叫你們別討厭外面的人。我們需要的是能看清他人的雙眼！」

菲亞想表達的，是不要只會聽他人怎麼說，希望族人能學會靠自己的眼睛區分善惡。

拒絕一切，待在森林裡或許很安全，但這樣什麼都不會改變，連成長的機會也沒有，菲亞是希望他們更有危機意識一點。

就像我們來到了這裡，不能保證今後外人或敵人不會進入這個村落。

「算了！我是出於擔心才講這些。你們現在也知道高等種大人並不完美了吧？」

「妳……怎麼這樣說話。」

「既然實際發生過，難道不是事實嗎？希望你們多少小心點。」

明白指出妖精的問題後，菲亞拉了拉我的手臂，我對從家中望著我們的菲亞的父親低頭致意，離開村落。

之後，我們順利穿過森林，回到留有紮營痕跡的地方，在同樣的場所露宿。

時間已經到了晚上，所以周圍一片昏暗。吃完晚餐，我們在營火周圍喝著艾米莉亞泡的紅茶，悠閒地度過。

「天狼星少爺，您覺得如何？」

「嗯，好喝。之前就已經夠好喝了，這杯茶明顯變得更加美味。」

「茶葉不都一樣嗎？紅茶真深奧。」

「姊姊，再來一杯。」

「呵呵呵，太好了。不過要續杯的人請稍等一下，還要一些時間才能泡好。」

我們津津有味地喝著因師父的指導而大幅進化的紅茶，唯有菲亞一句話都沒說，莉絲擔心地看著她：

「欸，菲亞小姐，那樣真的好嗎？」

「……什麼東西？」

「妳對那些妖精說的話。講那種話，可能會被他們討厭吧……」

「那是我的真心話，我並不後悔。」

意思是她早已做好被討厭的覺悟了嗎？

或許可以說她自以為是，但菲亞無論如何都想告訴同胞維持現狀是不行的。仔細一想，和我相遇時，她也抱怨過村裡的妖精的生活態度。

菲亞發現大家一臉擔憂，苦笑著擺擺手。

「唉，我不認為自己講了幾句他們就會改變啦。比起那個，我比較擔心你們覺得妖精是討厭的種族。」

「我明白他們的苦衷。」

「對啊。雖然那些人都用那種眼神看我們，他們還是沒有因為這樣就討厭菲亞姊。」

明明是打破規矩的罪人，妖精們卻沒有說要把菲亞趕出去。其中雖然有頗為尖酸刻薄的言論，到頭來也是出於對她的關心。

我告訴菲亞我明白妖精對外人很冷漠，同族之間卻有著深刻的羈絆，菲亞略顯害羞地笑了。

「是、是嗎？那就好。」

「不過菲亞小姐有個更擔心的人吧？」

「嗯，結果妳根本沒和爸爸好好說到話耶？」

「是沒錯，但爸爸講了那種話，我不太想理他。」

要是放著不管，他們打起來都不奇怪，我認為我在那個時機離開並無不妥。

「都過了一段時間，你們也冷靜下來了吧。要不要照原定計畫，把他叫來這裡？」

「……他會願意來嗎？知道你是我的戀人，爸爸很生氣的樣子。」

「姊姊，妳不必擔心。」

「嗯，我已經來了。」

忽然加入對話的嗓音，令我們回過頭，愛莎和菲亞的父親從森林中走出。

「愛莎——還有爸爸也來了……」

「打擾一下。我有件事無論如何都想對女兒說。」

「沒關係的。請坐。」

「我立刻去泡茶。」

我們以營火為中心圍成一圈坐在地上，來訪者愛莎坐到菲亞旁邊，父親則坐在對面。

仔細一看，真不可思議。

有個長這麼大的女兒，菲亞的父親卻怎麼看都只有二十幾歲。

「所以……找我有什麼事？該不會是來叫我回村的吧？」

微妙的緊張感籠罩四周，旁邊的菲亞再度摟住我的手臂，瞪向父親。

「妳要離開村莊我已經管不著了。因為這似乎也是聖樹大人的命令，又是妳自己選擇的道路。」

「那你來幹麼的？明明是你趕走了我的同伴……」

「別這麼生氣。大家都很不安，身為村長我只能這麼做。我來這邊的目的，是想看看妳的戀人。」

「您說晚輩嗎……？」

考慮到將來的事，他會成為我的岳父，因此我用比較有禮貌的語氣詢問，菲亞的父親緩緩點頭。

「聽愛莎說，你身為人族，卻揚言要給菲亞幸福……是嗎？」

「是的。我要做的就是活下去，不讓菲亞後悔選擇了我。」

我直盯著菲亞的父親，將對愛莎說過的話傳達給他。

儘管不及高等妖精，菲亞的父親也一樣面無表情，因此很難判讀他的情緒。凝重的空氣使大家緊張地看著我們，只有菲亞抱住我的手臂，高興地用臉磨蹭，害我差點鬆懈下來。

「菲亞，正經點。」

「你們兩個怎麼這麼有默契!?不是在吵架嗎？」

「我和他並沒有在吵架。」

「別這樣，會害我缺乏緊張感。所以，您願意認同晚輩做她的戀人嗎？」

「…………」

菲亞的父親忽然陷入沉默，閉上眼睛沉思。

過了一段時間，艾米莉亞將紅茶端給愛莎時，他終於開口：

「我……實在無法喜歡人族。所以我真正的想法是反對，可能的話，就算拚盡全力都想阻止她。」

「我大概感覺得出來，不過真沒想到爸爸你這麼討厭人族。為什麼啊？」

「因為我的妻子……妳的母親，是死於外人害她受的傷。」

菲亞的母親到外界旅行時，被想抓妖精的人類射的箭射中。

儘管受了傷，菲亞的母親還是勉強從對方手中逃離，卻因為傷口的關係染上疾病。理應可以再活數百年的她，在生下菲亞的同時病逝。

「不過，外人救了我的女兒，也救了我。所以……我很煩惱該如何是好。」

「真的嗎……？」

「這種時候哪可能開玩笑。即使如此，妳仍然想和母親的仇人──人族男性在一起嗎？」

「……少把我當成笨蛋。」

得知真相的菲亞，放開我的手臂走到父親面前。

「如果我一開始就知道這件事，或許也會和你一樣憎恨人族。但那又不是天狼星做的。與種族無關，我想以一名女性的身分，跟天狼星在一起！」

「可是……」

「可是什麼！面對高等種大人，還毫不猶豫挺身保護我的人竟然得不到你的認同，太奇怪了吧！」

「因為他們是外人。與尊敬高等種大人的我們不同，不明白事情的嚴重性。」

「天狼星曾說過，就算一整個國家盯上我，他都會保護我。竟然不回應願意做出這種承諾的人，別說妖精了，連一名女性都稱不上！」

我確實說過這種話。我早已做好覺悟，若我們真的被國家追捕，要不是盡全力逃跑，就是徹底排除問題的源頭。

菲亞湊到父親面前，滔滔不絕地說著，不久後，他舉起雙手投降：

「我明白妳的心情了，別在這麼近的距離對我怒吼。是嗎……妳真的很愛那個男人。」

「就說了，我是全心全意地在愛他！……呃，難道你在試探我？」

「當然。因為此刻的我並非妖精的族長，而是妳的父親。」

他面無表情，注視女兒的目光卻平靜又溫柔。

這才是真正的他嗎？

「因為妳一向遵循本能而活，我怕妳只是暫時被愛情沖昏頭，想聽妳說出自己真正的想法。」

「我懂你的心情，不過你這樣真的很失禮！」

不愧是當父親的，很瞭解女兒的個性。

菲亞沒有再強烈反駁，大概是父親的言論中，也有她能接受的部分。

「而且，我已經感受到那男人的覺悟。擁有能與高等種大人為敵的實力，又不會束縛妳，妳受到傷害他會真心為此發怒——若非一心惦記著妳，是做不到的。」

「什麼嘛，你明明都知道。」

「這並非我的本意就是了。況且連眼中只有妳的愛莎都說……他是能讓妳幸福的人族。」

「……哼。」

往旁邊一看，愛莎害羞地別過頭。

下一秒，她因為紅茶喝太快燙到舌頭，艾米莉亞和莉絲急忙拿毛巾和水給她。

「意思是，你願意承認我跟天狼星的關係囉？」

「不過……我還是不喜歡人族。怎麼能把妳交給會拋下妳一個人先走的人……」

「這種時候該回答『是』吧！」

「唔!?可是……我是……為了女兒——！」

菲亞抓住父親的領口用力搖晃，我從後面制住她。

真是……哪有人這樣見父母的啊？

通常應該是「請把女兒交給我……」之類的感覺，由我和父親對峙才對。

我都還沒和他講到幾句話，這對父女就自己討論出結論。我為此嘆了口氣，菲亞趁機從我的拘束下逃離。

然後當著父親的面吻了我。

「什麼!?」

「啊啊啊啊啊啊啊啊啊啊——!?」

「唉，菲亞小姐實在太好懂了，這樣不太好啦。」

「菲亞姊還是一樣亂來耶。」

「……嗷。」

「下次就輪到我囉。」

弟子們（除了一個人）一臉無奈，愛莎發出淒厲的哀號聲，菲亞的父親則瞪大眼睛，表情崩壞。

以此為契機，親子爭執再度爆發，我們完全被晾在一旁。

過沒多久，艾米莉亞幫我倒了第二杯紅茶時，他們終於吵完……

「呼……呼……那你願意承認我和天狼星的關係囉？」

「呼……呼……沒辦法。人族的男性啊，雖然我女兒這副德行……她就……麻煩你了。」

「……晚輩明白了。」

他面無表情，一副心不甘情不願……真的很不甘願的態度瞪過來，我只能如此回答。

「好，你自己說的喔！可是爸爸，你要鬧脾氣也只能趁現在。等你看到孫子，就會發現曾經反對的自己是錯的。」

「孫子啊。我不太能理解。」

他之所以沒什麼反應，是因為妖精不熟悉孫子這個概念。

妖精是長壽的種族，但他們一輩子只會生一、兩次小孩，把增加子嗣當成系統性行為，對他們來說，孫子等於是小孩的衍生物吧。

「一定很可愛。聽說人稱最強劍士的老爺爺，在孫子面前會變得毫無抵抗力。」

當然，那個老爺爺就是被譽為剛劍的劍士——萊奧爾。

雖然不是真正的孫女，那個爺爺就算被艾米莉亞拿刀刺，八成也會笑著原諒她。先不論他這個人被刀刺中也死不了。

「總有一天，我絕對會帶我們的小孩回來給你看，好好期待吧。」

「呵，我會不抱期待地等著。」

大概是該說的都說完了，菲亞的父親看了我們一眼，站起身。

「你要走了嗎？」

「嗯，總不能一直讓家裡空著。這孩子令人費心，麻煩各位多加照顧。」

見我們點頭，他微微揚起嘴角，轉過身去。

「妳離開村子時說的話……我似乎稍微可以理解了。我會思考看看。」

「爸爸……」

「別讓自己後悔。有什麼事隨時可以回來，因為這裡是妳的故鄉。」

「謝謝你，爸爸。你放心，我不會後悔的。現在的我是這麼快樂又幸福。」

「嗯，看得出來。」

他頭也不回地走向森林，我們目送他離開，直到他的背影消失在視線範圍內。

菲亞的父親回村了，愛莎卻還留在這裡。

她正在用水為燙傷的舌頭降溫，菲亞溫柔地將她摟進懷中，撫摸她的頭。

「呵呵，得向妳道謝才行。因為妳幫我說服了爸爸。」

「我、我只是為了姊姊好才這麼做。雖然很不甘心，連高等種大人都有辦法擊退的男人，也只能承認了……」

「真不坦率。不過，謝謝妳。」

「全是為了姊姊……呼呼呼。」

她講的臺詞很帥氣，卻因為被心愛的姊姊緊緊擁抱，露出女性不該有的痴笑。

她以為趁現在就抱得到菲亞，但手一繞到背後，菲亞就離開了，因此愛莎看起來很不甘心。整個把義妹耍得團團轉。

「對了，愛莎小姐為什麼這麼喜歡菲亞小姐？」

「菲亞姊很漂亮，是個好女人，但她有點太不受控制……」

「哎呀，真沒想到這種話會出自天狼星的徒弟口中。是哪張嘴說了這麼心胸狹窄的話呀？」

「好痛好痛好痛!?對不起啦！」

「不准笑姊姊！」

「嗚啊!?」

說錯話的雷烏斯被菲亞用拳頭在頭上鑽來鑽去，愛莎則踹了他的小腿肚一腳。

他被兩位女性妖精左右包夾，某些人可能會羨慕吧。

「我……可以理解愛莎小姐的心情。菲亞小姐很會照顧人，對我們來說跟姊姊一樣。」

「妳很懂嘛！沒錯，姊姊是很棒的人。因為就是姊姊拯救了我……」

看到村裡那些妖精，我確信菲亞和愛莎是妖精中的異類。

即使沒被討厭，她們在村子裡好像會顯得格格不入，話題跟其他人兜不上，經常獨處。

菲亞天生就是那個個性，所以完全不介意，心靈較為脆弱的愛莎卻因此有過辛酸的回憶。

「姊姊親切地對待那樣的我，把我從孤獨中救出來。如果是為了姊姊，我甚至願意跳進火堆。」

「妳這樣講我壓力很大，稍微克制點。」

「是！我會控制在適度範圍內。」

「該怎麼說呢……我好像認識同樣的人。」

「天狼星少爺，要不要再來一杯紅茶？冷的話可以用毛毯或我來溫暖身體唷？呵呵呵……」

我邊贊同莉絲說的話，邊摸著勤快地為我服務的艾米莉亞的頭。若放著不管，可能會直接在這過夜的愛莎，看到立在附近的東西，向菲亞提問：

「姊姊，聖樹大人賜予妳的樹枝，該不會是……」

「妳發現啦？沒錯，她說我需要武器，就給了我一把弓。」

「果然嗎？竟然能從聖樹大人手中得到如此神聖的弓，姊姊將來可能會被稱作傳說中的妖精。」

「啊哈哈，太誇張了啦。不過沒有弦，所以還不能用，方便的話能把妳備用的弦分給我嗎？」

「那麼姊姊，請用這條弦。」

愛莎取下背上的弓，拆解弓弦交給菲亞。

妖精製造的弓非常精巧，弦的品質似乎也很好，不過和聖樹的樹枝比起來，總會有點相形見絀。

「雖然不是全新的，這是我手中最好的弦。我不認為它配得上那把弓，不過在找到好用的弓弦前，請妳先拿來當替代品吧，不用客氣。」

「它才不是替代品。這條弦蘊含妳的心意，我會好好使用它。」

「姊姊……光聽見這句話我就心滿意足了！」

愛莎撲到菲亞懷中，菲亞慈祥地撫摸她。

「不久後就輪到妳出去旅行了對不對？希望妳跟我一樣，遇見值得信任的人。」

「不可能有比姊姊更好的人！不過……當時姊姊說過的話，我會牢記在心中。」

「……謝謝。」

覺得自己的意見未能傳達給同胞，半死心的菲亞，也有理解她的人。

儘管是異類，菲亞為同族著想的溫柔之心，絕對不是徒勞無功——看見相擁的兩人，我們自然而然露出笑容。

《終章》

到頭來……愛莎和我們一起迎接了日出。

在森林外面過夜，違反妖精的規矩，但對她而言似乎是不足為道的問題。她已經私下向菲亞的父親徵得許可，所以可以不必擔心。

講點題外話，深夜……女性組睡的帳篷裡頻頻傳出性感的嬌嗔，與拍打肌膚的聲音一同中斷，我決定當沒聽見。

之後，我們平安迎來早晨，做完訓練並吃完早餐後便準備出發。

「姊姊，路上小心！」

菲亞的父親回去後就沒有再來了，只有愛莎獨自為我們送行。

儘管有些寂寞，菲亞隨時都能回到故鄉，可以光明正大踏上旅途，因此她的表情十分開朗。

用力對我們揮手的愛莎，以及故鄉的森林逐漸遠去，雷烏斯忽然無奈地碎念起來：

「欸，那個人都跟菲亞姊和好了，也認同她了，來送個行也不會怎樣吧？」

「我也這麼覺得，但他是族長，應該沒辦法隨便跑出來。」

「既然如此，要不要至少送個訊息給他？」

「嗯，跟他說聲我出發了……」

菲亞正準備拜託風精靈傳話，回過頭時——

她的父親站在樹林中，從遠方靜靜地守望著她。

「真是……有夠不坦率的。」

「爸爸，我走了。」

數日後……我們終於回到停放馬車的地方，檢查完藏在樹林裡的馬車後，重新踏上旅程。

目前還沒決定下一個目的地，不過我旅行的目標本來就是增廣見聞，以及隨興尋找不知位在何處的師父的軌跡，繼續漫無目的地旅行或許也不錯。

我們順著道路前行，前往陌生的土地，發現一座微風徐徐的山丘，將馬車停在那邊休息。

「呼……呼……下次一定要，打中師父……一擊！」

「這樣火力不足呢。通往獻給天狼星少爺的究極紅茶之路，看來十分險峻。」

「你們上輩子不是有不用馬也會動的馬車嗎？速度比北斗還快嗎？」

「嗷!?」

與師父相遇，對弟子們造成了各種影響，幸好他們沒有學壞。

受到最多影響的菲亞，獨自佇立於不遠處的小丘上。

她看起來並不寂寞，但我有點擔心，便走到她旁邊。

「菲亞，妳在做什麼？」

「嗯？在感受風。在森林裡雖然也很舒服，但像這樣從高處感受風是最棒的。」

她閉上眼睛，展開雙臂，任憑舒適的微風拂過身體，散發夢幻的美感，甚至會讓人誤以為她是風精靈。

我看得出神，菲亞筆直凝視前方，對我說：

「旅行……果然很棒。有許多在森林裡看不到的事物，真的很愉快。」

「因為世界很大，還有許多我們不知道的東西。」

「對呀。我得多去見識、多去認識這個世界才行，畢竟這也是聖樹大人交給我的使命。」

「話說回來……妳真的打算繼承聖樹嗎？我不是想阻止妳，也不排斥，只不過考慮到妳成了師父的繼承人，感覺有點複雜。」

「誰知道呢?反正還有時間，我今後會慢慢考慮。現在是聖樹大人公認的旅程途中，我們就盡情享受吧！」

「妳那種個性，夠資格繼承師父了。」

「哎呀，我就當成是在誇獎我囉。」

下一秒，菲亞露出不輸給師父、無拘無束的清爽笑容。

番外篇《劍與雙劍邂逅之時》

——貝奧爾夫——

劍聖。

與那位有名的剛劍萊奧爾並駕齊驅的知名劍士。

也是我最尊敬的人……我的父親。

然而，父親留下我和體弱多病的母親去世了，導致我不只尊敬他，同時也憎恨他。

直到不久前……

那一天……在強者雲集的祭典鬥武祭上，我輸給了天狼星先生。

輸得體無完膚……敗在壓倒性的實力差距上。

儘管很不甘心，拜這場比賽所賜，我從天狼星先生口中得知父親的情報。

我之所以想變強，是因為如果能更接近父親的強度，或許就會知道他拋下我跟母親的理由。

因此，我滿腦子只想著變強，但從那一天起，我的想法產生了改變。

我發現我太不瞭解父親了。

因此，為了更瞭解他，我再度踏上旅程。

尋找剛劍萊奧爾……為父親送終的男人的旅程。

「不好意思，我不清楚。」

「因為有太多崇拜剛劍、學他使用大劍的人了。沒人知道本尊在哪裡。」

「喂喂喂，剛劍不是已經死了嗎？再怎麼找也沒用吧。」

然而說要找他，剛劍萊奧爾在數十年前忽然消失，世人都覺得他去世了，所以完全沒有派得上用場的情報。

我去過好幾個城市，在路上及酒館收集情報，每個人都說不知道剛劍在哪裡。

「不過，大概可以確定他還活著。」

我不認為那麼強大的天狼星先生和雷烏斯會說謊。

更重要的是，認識剛劍本人的傑基爾先生說雷烏斯的劍術不是冒牌貨教的，而是真正的剛破一刀流。

聽說剛劍年紀非常大，但應該能確定他並沒有死。

「那麼強的人不可能不引人注目。這樣的話……可能是經過喬裝，或是改名換姓了。」

於是，我換了個角度想……改為尋找使用大劍的年長男性。

除此之外，離別前天狼星先生還告訴我一件事。

『他可能會想跟我會合，所以沿著我們去過的地方找，搞不好見得到他。』

我前往天狼星先生告訴我的那幾座城鎮，收集情報，在這個過程中，從阿德羅德大陸來到梅里菲斯特大陸。

梅里菲斯特大陸……我從未造訪過的大陸。

但願能在這裡找到剛劍……

「拿大劍的老爺爺？經你這麼一說，我前幾天好像聽說過這號人物。」

來到梅里菲斯特大陸的數日後……我在離港都不遠的城市的酒館，終於獲得疑似有用的情報。

「真的嗎⁉請問那個人在哪裡？」

「呃，我不知道他去哪了。聽說有個爺爺以這一帶為根據地，靠殲滅盜賊賺錢，拿著一把巨大的劍……」

「謝謝你。我馬上去公會問問看！」

我終於得到情報，前往同座城市的冒險者公會。

冒險者公會是領取驅逐盜賊的報酬的地方，照理說可以問到更詳細的情報。

我立刻前往櫃檯詢問，然而……

「前幾天確實有那樣的人來過。他很厲害，所以我記得很清楚。」

「對對對。滅了近十個盜賊團，把首領一起打包帶來了，卻有一半的人沒被綁住。聽說是害怕那個老爺爺，不敢逃跑。」

終於掌握的情報，也只讓我高興了一下，聽見我在找那名爺爺，接待人員面有難色。

「他說他要去阿德羅德大陸。趕快追上去的話，可能還來得及吧？」

看來剛好錯過了。

我立刻啟程，跟去程一樣回到港都，搭乘通往阿德羅德大陸的定期船。

大型帆船從港都出發，駛向阿德羅德大陸，我坐在扶手上心不在焉地看著海景。

如果真的見到剛劍，要從何問起？

果然是爸爸的臨終之時嗎？

力量的祕密？

不……連他會不會願意跟我交談都不知道。

全是不實際見到他就不會明白的事，而且雷烏斯說，剛劍是個不得了的人，所以我內心充滿不安。

他告訴我一見面就拿劍砍他的話，剛劍會很高興……到底是怎樣的人？

正當我想靠保養武器來排解不安時，設置在船上的鐘突然傳出巨響。

「敵襲！敵襲！是海盜——！」

我在聲音響起的同時望向後方，看見比這艘船更大的船正在接近。

他們選在離陸地有段距離的地方發動襲擊，可見並非外行人。

而且敵人的船速較快，不太可能逃得掉，看來免不了一戰了。

我習慣隨身攜帶武器，因此我對在附近準備迎擊的船員說：

「我是冒險者。要戰鬥的話，我可以幫忙。」

「喔喔！太好了！那就麻煩小哥你對付跑到船上的海盜囉。」

「他們是有名的海盜嗎？」

「是最近在這一帶很囂張的海盜團。為了以防萬一，我們有雇用護衛，可是那個規模比想像中還大啊。」

除了船上的護衛外，也有跟我一樣願意戰鬥的冒險者，但就如這名船員所言，敵人的數量比較多。

戰力差距應該滿大的，但我絕不能輸。

沒有戰鬥能力的人躲進船艙後，魔法自兩艘船射出，為戰鬥揭開序幕。

冒險者們使用的魔法若能直接擊中海盜船，就算無法將其擊沉，應該也可以減緩它的速度，但海盜船也射出魔法迎擊。

對方的攻擊數量明顯較多，我們卻沒有太大的損傷，八成是因為他們刻意手下留情，以免獵物沉入海底。

看來果然會以白刃戰為主。

「不過，對我來說這樣正好。」

海盜船一開到我們旁邊，就同時扔出好幾條繩子，將兩艘船綁在一起，纏著黑頭巾當標誌的海盜們一同殺到船上。

人數隨便估計都有我們的好幾倍，然而從動作來看，似乎不是多強的對手。

我決定先減少敵人的數量，積極上前，看到人就砍，而不只是攻擊附近的敵人。

「怎麼回事!?這傢伙的動作——呃啊!?」

「可惡！找不到破——嗚!?」

「有個特別強的人！叫隊長過來！」

收拾到一個階段時，援軍出現，其中混了一名實力明顯不同的男子。

有位冒險者持劍砍向那名男子，卻被輕易擋住，對方還反過來用手中的劍砍中冒險者。

那種強度……是海盜的隊長嗎？

總之不能再讓我方的戰力減少了，因此我飛奔而出，想率先解決那名男子。

「不會再讓你為所欲為！」

「唔喔!?你、你挺厲害的嘛！」

「你才是。不過……」

跟天狼星先生和雷烏斯比起來，沒有任何一點勝得過他們。

男人擋住了我的劍，卻無法應對逐漸加快的劍速，在次數超過十的時候，我的劍終於斬裂男人的身體。

「怎麼……可能。我可是……四天王之一……」

「我不太懂四天王是什麼東西，不過你真該一開始就報上名號。接著是……」

「好——趕快砸爛它！把女人和錢帶走就是我們贏了！」

「看來沒時間這麼悠哉了！」

在我耽擱了些許時間之際，數名海盜正想破壞船艙的門。

恐怕是想抓非戰鬥人員當人質，拖住我們的行動。哪能讓他們得逞。

我箭步衝出，然而在此之前，他們已經將斧頭砸向通往船艙的門。

海盜揮下的斧頭，即將破壞船艙的門的瞬間……

「吵死人了！」

足以撼動整艘船的宏亮聲音忽然傳來，船艙的門被衝擊波震飛……不對，是被轟得粉碎。

疑似從門後釋放而出的衝擊波，將揮下斧頭的海盜也牽連進去，飛到遙遠的半空，再掉進海裡。

敵我雙方皆為這個畫面目瞪口呆，從船艙走出一名我得抬頭才看得清他臉孔的高大老爺爺，魁梧身軀背著一把目測和他的身高一樣長的大劍。

「你、你才吵！臭老頭！」

「就說很吵了！」

附近的海盜對老爺爺揮劍，老爺爺手一揮，那名海盜的劍就應聲斷成兩截。

驚人的劍壓，在船上留下巨大清楚的裂痕。

揮起如此巨大的劍，竟然毫不費力……這位老爺爺莫非是？

「唔……老夫好不容易睡得那麼舒服，到底在搞什麼鬼！」

不，他是誰先放在一旁吧。

因為……這位老爺爺看起來心情非常差。

怎麼看都只是在發起床氣，他的氣勢及殺氣卻讓人感覺到觸怒神明的恐懼。要是講錯話，八成會被他直接劈成兩半。

從未感受過的魄力，令我緊張得嚥下一口唾液，這時，老爺爺的雙眼捕捉到了我。

「那邊那個小子！解釋一下現在的狀況！」

「現在的狀況……您指的是？」

「怎麼這麼吵？吵到老夫都睡不著了。」

從周圍的狀況，他看不出來嗎？

不……現在最好趕快回答，別亂想奇怪的事。

「呃，海盜正在襲擊這艘船。」

「唔……海盜啊。那些纏頭巾的傢伙就是海盜？」

「我想是的……」

因為我的本能告訴我，千萬不要反抗這位老爺爺。

以現在的實力，就算有好幾個我也絕對贏不了他。

「唉……麻煩。喂，小子，你看起來有兩把刷子，守住這裡。尤其是老夫的床，注意別讓它被弄壞了。」

「噢、噢……」

老爺爺聽都沒聽我的回應，伸著懶腰走向前方。

當然，海盜們不可能放過這麼光明正大走出來的老爺爺。

因殺氣及氣勢愣在原地的海盜，紛紛回過神來襲向他……

「礙事！」

六名海盜同時撲上前，老爺爺卻只是「揮了下手」，所有人就都被砍成兩半，掉進海中。

我勉強看見他在那短短的一瞬間……揮了三次劍。

先是橫向砍往緊逼而來的三人，再反手攻擊剩下那三個，最後用力一揮，靠風壓將他們震飛的樣子。

這個實力差距，只能用荒唐形容。

老爺爺將錯愕地靠近他的海盜砍死後，獨自跳上海盜船。

「喂、喂喂!?那個爺爺在幹麼啊！」

「別管他！現在哪是擔心他的時候！」

他的行為，令在附近戰鬥的冒險者紛紛傻眼。

我能理解他們的心情，但那個爺爺的情況……我反而覺得他待在這艘船上還比較危險。

因為他的力道及勁道太強，每砍一刀我們的船體就會受損。這樣下去，這艘船會在殲滅那群海盜前沉沒。

敵方的援軍在老爺爺殺進海盜船上的同時不再出現，戰況徹底倒向我方。

然而，敵人的船艙照理說還會有人。

我將船交給其他冒險者防守，獨自跳上海盜船，眼前的景象…………儼然是場災難。

「唔喔喔喔喔喔喔喔——！」

「「呃啊啊啊啊啊啊——！」」

被眾多海盜包圍的老爺爺大劍一揮，海盜們就一個個被砍飛，噴往空中，或是被轟進海裡。

「好不容易睡得這麼舒服，你們這幫傢伙竟敢把老夫吵醒——！」

「關、關我們什麼——嗚啊啊啊啊!?」

「救命——噗呃!?」

「看是要被老夫砍成魚飼料，還是自己跳進海裡當魚飼料，選一個吧！」

「選哪個都是死吧!?」

果然，海盜船隨著老爺爺的攻擊，壞得愈來愈嚴重。

他怒罵的內容也幾乎是在遷怒，我都快分不清誰才是壞人了。

「魔法隊，在船被破壞前幹掉他！同步攻擊！」

「太嫩了！」

「什麼!?發生什麼事!?」

「再一次——嗚!?」

除此之外，他還將數不清的魔法盡數擊落，在我驚訝的期間衝上前，一刀斬飛使用魔法的海盜。

面對單方面的蹂躪，海盜們似乎也拿出真本事了，比我剛才交手過的人更強的男性，從船艙走出。

總共四人。

其中有比老爺爺更加魁梧的男子，只有那名壯漢實力明顯跟其他人不是同一個等級。

隔這麼遠都感覺得到他的氣勢及殺氣，看來那名壯漢就是敵人的頭目。

「古、古拉克船長！救命——啊啊啊啊!?」

「呿……我還在想怎麼拖那麼久，結果你們竟然被修理成這樣。喂，臭老頭！」

「唔喔喔喔喔喔喔喔──！」

「喂老頭！你有聽見嗎！」

「喝啊啊啊啊啊啊──！」

「不准無視我！嘖，沒在聽就算了。大家一起上！」

敵人在叫他，老爺爺卻理都不理，不斷砍人。

海盜頭目因此失去耐性，下達指示，他身旁那三個人中的隊長便殺向正在大鬧的老爺爺。

雖然應該比不過頭目，他們三個似乎也有一定程度的實力。

然而……

「我們是古拉克海盜團四天王，槍的吉──」

「那又如何！」

手持長槍的男人，連同長槍一起被砍成兩半……

「什麼!?可惡，這樣的話就用我的斧──」

「有時間說話，不如直接砍過來！」

舉起雙斧的男人，在揮下武器前就被砍成兩半……

「背後破綻百──」

「太慢了！」

繞到老爺爺背後的男人，被速度比他更快的劍砍成兩半。

這幾個自稱四天王的人一副很了不起的樣子，卻連名號都來不及報就被解決掉了。

壓倒性的力量令海盜們恐懼不已，只有頭目古拉克露出無畏的笑容：

「哦……挺厲害的嘛，老頭子。難怪你有種一個人殺進來。」

「唔……看來你跟他們不同啊。」

「這還用說。我叫古拉克，人稱剛腕的古拉克……你沒聽過嗎？」

「沒聽過。」

老爺爺的態度彷彿在說這件事無關緊要，我卻聽說過這號人物。

他在公會也是有名的上級冒險者，某天忽然失去蹤跡，再也沒出現過。想不到會在這種地方當海盜。

而且古拉克手中的巨斧，疑似是用最重最硬的礦石——重力石做成的，從那個大小來看，八成比老爺爺的劍還重。

他能輕鬆揮動與人類不相襯的重斧，因而獲得剛腕這個別名。

「不知道就算了。對了，你該不會是剛劍的……」

「老夫叫一騎當千！」

「嘿，名字不重要的意思嗎？我有自信力氣不會輸給任何人，要不要較量一下？」

「哦……挺坦蕩的嘛。行，老夫接受你的挑戰。」

他們同時擺好架勢，全力揮動武器。

傳聞說，古拉克擁有超越剛劍的力量。

的確，他用不遜於老爺爺的速度揮下斧頭，甚至產生了風壓。

換成是我，會毫不猶豫選擇閃避，老爺爺慢了一瞬間揮下的那把劍……

「……什麼？」

卻將世界最硬的重力石做成的巨斧，直接劈成兩半。

「你的力氣或許挺大的……」

本以為以那兩人的力量，武器撞在一起八成會產生激烈的衝擊與巨響，我卻只聽見撕裂空氣的聲響，以及有東西掉進海裡的落水聲。

最後，古拉克茫然看著堅固的斧刃部分，老爺爺對他說：

「但……你的動作完全在依賴武器。剛破一刀流不是只看力量，而是要靠自身氣勢及意志揮劍的流派。」

「等、等等!?比賽算我輸——」

「搖尾乞憐成何體統！唔喔喔喔喔喔喔——！」

老爺爺直接揮劍，將古拉克一分為二。

我很想說他殘忍，但古拉克的行為連我都無法接受。主動對人下戰帖，輸了就立刻求饒。

不僅實力，還徹底缺乏對戰鬥的覺悟。

就這樣，海盜頭目古拉克被打倒了……其他問題隨之而生。

「快、快逃！」

「撤退——！船要沉了！」

「唔……做得太過頭了嗎？」

「現在還有時間讓你這麼冷靜!?」

老爺爺對古拉克使出的斬擊產生餘波，砍斷帆船中心的船桅。

他砍斷的是海盜船的船桅，所以還無所謂，不過船桅正好朝著我們搭乘的船倒下。

視線範圍內看不見陸地，不能在這裡失去船。

「如果能稍微讓它偏移一點……」

輸給天狼星先生後，我比以前更加努力地鍛鍊自己。

我憑藉在那場戰鬥中訓練出的應對能力，迅速判斷出該如何處理船桅，將魔力注入劍中，朝船桅揮下。

不是用砍的，而是在攻擊命中前讓魔力爆炸，將衝擊集中在一個點上，藉此讓船桅倒下的方向偏移，這樣就不會壓到我們的船。

「呼……好險。」

「哦？挺有趣的招式……」

宛如猛獸發現獵物的視線，使我不寒而慄，不過這樣就分出勝負了。

敵人的頭目倒下，剩下的海盜戰意全失。總之我們贏了，雖然也可以說是老爺爺壓倒性的實力嚇阻了敵人。

我們離開已經可以說是幽靈船的海盜船，回到原本那艘船上，船員及冒險者們發出勝利的歡呼聲。

眾人紛紛稱讚我們，老爺爺卻隨便揮了下手，準備回到船艙，我急忙追上去：

「那、那個！老爺爺，您……」

「嗯？有事之後再說。老夫很忙的。」

「這、這樣啊。那麼晚點方便借用您一些時間嗎？」

「那等船入港再來叫老夫。老夫要睡了！」

原來是要忙睡覺……

可是他吩咐我去叫他，由此可見，他應該有意願和我對話，況且這裡是船上，他總不可能搞蒸發吧。

我目送老爺爺消失在船艙中，正想去向船員說明詳情，船身忽然劇烈搖晃。

「這、這次又怎麼了!?」

「看，那些傢伙的船！」

「有東西冒出來了！」

海盜船周圍噴出一根大水柱，數不清的不明物體襲擊而來。

那東西伸向我們的船，纏住附近的船員，企圖把他們拖進海裡。

「這什麼東西!?」

「救、救命啊！」

「休想得逞，幻閃！」

我使出劍術——幻流劍的基礎招式，用足以讓劍產生殘像的速度揮劍，一口氣切斷伸向這艘船的無數不明物體。

我發現纏住船員的是魔物的觸手，這時，比剛才更大的水柱濺起，魔物出現了。

「好大……那個怪物是？」

「是、是蓋魯斯裘拉!?」

「請問那是什麼？」

「對我們船夫來說是惡魔的魔物，至今以來有一堆船被牠弄沉。不過牠只會出現在離陸地有段距離的海域……為什麼會在這裡？」

「大概是……血。也許是沉入海中的海盜的血，把牠吸引過來了。」

巨大軟體生物伸出大量的觸手，從海中攫住海盜船，巨大身軀爬上了海盜船的甲板。

好大……跟船差不多大了。

那個大小，我們實在應付不來。

船員似乎也明白這一點，收起武器，轉動船舵遠離海盜船。

那隻魔物注意力都放在海盜船的屍體上，只要不隨便刺激牠……

「該死的怪物！」

「用我的魔法燒了你！」

然而，冒險者們看見巨大的魔物，失去冷靜，竟然使出火魔法射向牠。

他們用的應該是中級魔法「火焰槍」，但那種程度的魔法不可能管用，反而吸引了魔物，導致觸手再度襲向我們的船。

「笨蛋！你們在做什麼！」

「可、可是……」

「之後再說！請各位砍斷觸手，爭取時間！」

總而言之，現在必須先逃。

我們持續砍向伸過來的觸手，以免船被纏住，整艘拖進海裡。

然而，不管怎麼砍觸手都會不斷冒出，在我們即將被龐大的數量壓制住時……背後傳來激烈的腳步聲。

「就說了……吵死人啦！」

根本用不著回頭。

跑出船內的老爺爺從我們頭上高高跳過，躍向盤踞在海盜船甲板的魔物。

船員們大叫「太亂來了」，部分冒險者則發出期待的聲音，老爺爺舉起大劍……

「剛破……一刀——！」

隨著他咆哮著揮下大劍，魔物……海盜船……甚至連海面都被分成兩半。

斷成兩截的魔物與海盜船，緩緩沉入恢復原狀的汪洋，只留下船的殘骸及斷掉的觸手。

包含我在內，看見這一幕的人都目瞪口呆，老爺爺以殘骸做為踏臺跳回船上，碎念道：

「混帳東西……害老夫整個人清醒過來了。」

之後，船順利地航行，終於看見目的地阿德羅德大陸的港口。

人和船雖然都稱不上平安無事，船上的人看見港口，紛紛高興地歡呼。

可是，由誰來看都會把他當成英雄的老爺爺，卻因為太過強大的關係，沒什麼人敢靠近他。看來這艘船上的劍士並不多。

老爺爺孤零零地站在甲板上，因此我走過去向他搭話：

「那個……大家只是會害怕，並非討厭您。您不必放在心上。」

「你在說什麼？老夫只是在想剛才的魔物好像很美味。那隻魔物挺罕見的，早知道就該把觸手撿回來。真可惜。」

「…………」

……嗯。

老爺爺就是這種個性，看來最好別想那麼多。

先切換心態，回歸正題吧。

老爺爺沒在嚷嚷想睡，這次應該能好好跟他說話。

我打算先聊聊疑似他徒弟的雷烏斯，藉此開啟話題，老爺爺卻先對我說：

「小子，你的劍流派是幻流劍對吧？」

「啊……是的。我的父親……被人稱作劍聖。」

「是嗎……果然。」

「請問，您是剛劍萊奧爾先生嗎？」

「……老夫已非剛劍萊奧爾。現在的老夫只是個名為一騎當千、追求力量的老頭。」

萊奧爾先生不知為何得意地笑了，告訴我他是因為輸給某個男人才改名。

本來想說他在開玩笑……但我莫名覺得也不是不可能。

正因為跟那人交手過，我才知道。萊奧爾先生肯定是敗給了天狼星先生……難怪我贏不了他。

我一提到天狼星先生的名字，就引起他的興趣，因此我說明了在鬥武祭上發生的事。

「那個臭傢伙，竟敢擅自多嘴……」

「不，是我拜託他的。那麼，能否請您告訴我父親的——」

「慢著。在那之前，老夫有件事要問你。」

「什、什麼事？」

他特地打斷我的話發問，想必是相當重要的問題。

我靜靜等待萊奧爾先生開口，免得觸怒他，萊奧爾先生不知為何一副坐立不安的模樣，清了下喉嚨：

「那個……就是，那孩子身邊的銀狼族女孩過得好嗎？」

「女孩？不是雷烏斯這位男性嗎？」

「那小鬼不重要。老夫問的是叫做艾米莉亞的可愛銀狼族女孩過得如何。」

「……呃——看起來……很有精神。她是天狼星先生的戀人，無時無刻都黏在他身邊。」

「這樣啊，那就好。不過……那傢伙的戀人嗎？對象是那傢伙的話，應該不必擔心……可是竟然能跟艾米莉亞在一起，太令人羨慕了！」

他為何如此關心艾米莉亞小姐？是徒弟嗎？但艾米莉亞小姐看起來不像有在使劍，我不太想得到她跟萊奧爾先生會是什麼關係……難道!?

「那個，以您的年齡，不可能是艾米莉亞小姐的……」

「小子，你該不會以為老夫會對艾米莉亞出手吧？」

「不不不!?怎麼會！」

足以產生風壓的殺氣，瞬間驅散浮現腦海的疑惑。周圍的乘客尖叫著逃跑，海鷗一窩蜂地飛走，魚同時跳出水面，開始遠離這艘船。

我拚命解釋，萊奧爾先生卻並未停止追究。

「真的嗎？完全沒想過嗎？不從實招來……小心老夫砍了你喔？」

「…………有一點。」

「很好，讓老夫見識見識你的實力。不拚個你死我活絕不罷手。」

「在這邊進行模擬戰嗎⁉」

「老夫不是說了要拚個你死我活嗎？哪來的模擬戰！」

終於見到剛劍萊奧爾了，我卻一下子就碰上生命危機，怎麼會這樣？

「再說，戰場與地點無關。來，拿起你的劍。」

「啊……唔……」

雷烏斯，你跟我聊到剛劍時的心情，我現在完全明白了。

我……活得下來嗎？

這天……一艘船以慘不忍睹的狀態，回到阿德羅德大陸的港都。

然而，船上的人都嚇得不敢說話，關於發生了什麼事，無法取得正確的證詞。

唯一一件他們異口同聲做出的描述是……

『三把劍在瘋狂肆虐。』

番外篇《走在同樣的道路上》

與師父相遇，離開菲亞故鄉的數日後……

目前尚未決定目的地，不過在妖精村和森林難以補充的物資消耗得差不多了，便決定先前往離森林最近的城鎮。

我們選在一個順利的話，明天應該就能抵達城鎮的地點紮營，分頭進行準備。

「鹽巴……還有剩，不過這邊的香料只剩下一點。」

「對呀。也要考慮補充了。」

離晚餐還有一段時間，因此我和艾米莉亞跑去檢查儲藏在馬車裡的物資，發現存量比想像中還少。

肉和蔬菜可以直接從野外取得，但人類才做得出來的東西只能去城市補給。

我們大略檢查過一遍就收工，來到馬車外面準備動手做晚餐，忽然聽見敲叩樹木的聲音。

回頭一看，是菲亞在用弓箭試射遠方樹上的標靶。

是她從師父手中收下弓，從愛莎手中收下弓弦後經常看見的景象。

妖精雖然被譽為弓術高手，但菲亞因為精通風精靈魔法，幾乎沒用過弓箭，因此每天都在練習。

「練得如何？」

「還可以。終於練到能用在實戰上了。」

老實說，起初她的技術只能用差勁形容。

明明知道弓箭的用法，以師父的弓初次試射的結果卻是……十箭裡只有兩箭射中標靶。

『因、因為……我不用弓箭戰鬥也沒關係嘛。』

這是受不了沉默的菲亞提出的主張。

我個人認為除了個性以外，弓術差勁會不會也是她在妖精中顯得格格不入的原因之一？

順帶一提，愛莎的弓術在村裡是排前段的，拜其所賜她才能融入其他人。

基於以上的原因，菲亞每天都在練習射箭，現在已經不會射偏了。

莉絲做完自己的工作，在旁協助菲亞，拿著幫她撿回來的箭稱讚她：

「妳進步得好多喔。可是以妳的技術，應該可以藉由風的協助瞄得更準，不試試看嗎？」

「等我技術變得更好再說。這麼快就能射中目標，也是因為這把弓好用的緣故，我至少要練到配得上它才行。」

因為風精靈和弓箭十分合得來。

對箭矢來說理應會成為阻礙的風，只要拜託風精靈就能靠它延長飛行距離，不僅如此，還能自由自在地操縱軌道，閃過遮蔽物命中目標吧。

考慮到這點，菲亞似乎沒必要提高命中率，但視情況而定，可能會有不能施展魔法的時候，而且這樣她就可以同時用弓箭及魔法攻擊了，確實有鍛鍊的價值。

菲亞從莉絲手中接過箭，仔細觀察師父的弓。

「是說，這把弓真的好厲害。我還只是在練習而已，所以跟一般的弓沒什麼差別，不過使出全力的話，感覺可以發揮出驚人的力量。」

「因為那是師父的弓嘛。就算它能靠自己的意識戰鬥，我都不驚訝。」

「哎呀，你還挺敏銳的。」

「……該不會是真的吧？我有一半是開玩笑的。」

「它不會擅自行動啦。可是我昨天發現這把弓有自己的意識。」

它會對菲亞的聲音做出反應，只要菲亞專心傾聽，好像還能感覺到弓的聲音。

有次她試著拜託弓提升箭矢的威力，結果威力大到不僅貫穿了標靶，箭鏃還有一半陷進了用來掛靶的岩石。補充說明一下，她用的箭是隨便找樹枝削成的簡易箭矢。

「這孩子會乖乖聽我的話，卻不太會控制力道，跟剛出生的小孩差不多。之後得多教它一些才行。」

以師父的個性，恐怕對那把弓做了處理，讓菲亞之外的人都不能用。

不管怎樣，她獲得了強力的武器。

菲亞變強是件好事，我也很感謝給菲亞弓的師父，只是不好意思在她本人面前說。

「我得快點鍛鍊到能發揮這孩子的力量。天狼星，之後要再教我喔。」

「嗯，等吃完晚餐。我去煮飯，妳們要記得休息啊。」

往我身上蹭過來撒嬌的菲亞放開了我，看到她重新開始練習後，我轉過身去……

「咦!?喂！」

「天狼星少爺!?」

「!?」

一支箭從背後射過來，我反射性蹲下閃開。

周圍沒有敵人的氣息，從這個狀況判斷，只可能是菲亞射的箭，不過從女性組的反應來看，她似乎不是刻意瞄準我的。

「對、對不起！不過，真奇怪……」

「菲亞小姐的箭應該是往那邊射的……對不對？」

「是的，我也親眼看到了。」

好像是射出去的箭突然轉彎，在空中繞了一大圈，瞄準我的背後射來。

我不認為菲亞會想攻擊我，所以犯人只可能是……

「弓有沒有說什麼？」

「不會吧……難道!?」

菲亞恍然大悟，將額頭抵在弓上讀取它的意志，得知出乎意料的犯人。

「那個……好像是她說要瞄準你的。」

「她？」

「那孩子給我的弦。」

看來愛莎對姊姊的思念，強烈到會寄宿在無生命的物體上。

加上弓又跟小孩子一樣聽話，不久前菲亞還緊貼著我。

意思是……我是因為弦的嫉妒心才遭到攻擊嗎？

儘管我閃躲攻擊時的反應看起來很誇張，從箭矢的軌道來看，頂多只會擦過我的臉頰。但這終究是件危險的事。

「……要好好教它喔。」

「那、那當然！聽好囉？不可以因為那個大姊姊叫你這麼做，就攻擊這個人。」

這樣下去會不能放心和我接觸，所以菲亞也在努力說服它。

真是……才剛想感謝師父，結果又發生這種事。

我心想「跟那個人扯上關係，果然不能太大意」，苦笑著動手準備晚餐。

隔天……我們在太陽下山前抵達城鎮，久違地體會到身邊有許多人的感覺。

「安靜固然很好，這種氣氛也不錯呢。」

「麻煩事也會隨之增加，別疏於戒備。」

「嗯，讓大哥看看我訓練的成果。」

我們仍然因為北斗的關係引來注目，這次的程度還更甚以往。

因為除了菲亞那帶有神祕感的美貌外，這次她堂堂正正露出做為妖精象徵的長耳，其他人都開始注意到它了。

「果然很顯眼。不過沒有北斗那麼嚴重，別管它，繼續找旅館吧。」

之前我做的耳環型喬裝魔導具，可以讓菲亞的耳朵看起來跟人族耳朵一樣，此刻那項魔導具卻沒有發動。

因為聖樹——師父吩咐她別這麼做。

『今後別隱瞞身分了，給我光明正大地生活。那些盯上妳的地痞流氓，會由那邊的弟子全部處理乾淨吧。』

基於這個理由，菲亞不僅沒喬裝，連兜帽都沒戴。

那項魔導具原本是為了不想因為自己太引人注目、給我們造成麻煩的菲亞做的，既然她本人不在意，我們也沒道理反對。

如師父所言，我會保護好菲亞，而且又有本來就比她顯眼的北斗，因此她決定未來直接以真面目示人。

「可是，這樣真的好嗎？」

「我們已經離森林有段距離了，只要大家別說出去就不會被發現囉。」

艾米莉亞和莉絲怕的不是被牽連進去，而是純粹擔心菲亞暴露在外人的視線中，當事人卻只是笑著撫摸兩人的頭。

「遮遮掩掩果然不適合我。雖然有部分是因為聖樹大人的命令，但以後我會問心無愧地讓天狼星保護我。」

「既然菲亞小姐這麼說……」

「嗯，大家一起保護她就行了。」

「謝謝。但妳們也要小心喔？妳們兩個的魅力也足以讓人想拐回家。」

我聽著這段溫馨的對話，走在街上，發現一間比較大的旅館，停好馬車後來到旅館內的食堂。

大胃王姊弟——莉絲及雷烏斯坐在空桌前，盯著菜單苦思。

「嗯……有好多種類，不曉得哪道菜比較好吃耶？」

「那我推薦這道肉料理。之前吃過的餐點中，我覺得這道最好吃。」

「啊，對喔，菲亞姊來過這裡？」

「嗯，我在這座城市做完最後的工作，就回到故鄉了。因為旅行即將結束，我在這住了一段時間，過得挺開心的。」

然而，菲亞在途中用光旅費，只好去冒險者公會接委託賺取最後的酒錢。賺錢是無所謂，但就在這時，一群貪婪之人發現她是妖精，她才會逃回故鄉。

「不過我在最後關頭失敗了，那些人竟然偷偷跟蹤我……幸好遇見了天狼星，以結果來說值得慶幸。還有，飲料的話這個滿好喝的。」

菲亞一面回憶往昔，一面為我們推薦各種菜色……

「那……上面的我統統來一份。」

「我也是！菲亞姊說的那個我要點兩份！」

「我們每道菜都會點，所以妳推不推薦都沒差。」

「……說得也是。」

菲亞苦笑著說，看見店員送來的紅酒，決定放棄思考。

與此同時，足以嚇到其他人的大量餐點不斷端上桌，我們津津有味地品嘗從未嘗過的料理，發現有股氣息明顯在朝我們接近。

我感覺不到敵意，因此只是懷著戒心看過去，一名用兜帽遮住臉的人物，站在菲亞面前對她怒吼。

「喂……妳腦袋沒問題嗎！」

從體型及聲音來看，對方是女性。

雖然不知道她為何突然對菲亞怒吼，菲亞似乎發現了什麼，所以我決定默默旁觀。

「還以為是誰呢……這不是凱蘿琳嗎？原來妳也在這。」

「重點是妳吧！竟然直接用這副模樣示人……妳在想什麼！」

「妳太誇張了。來，冷靜點，坐下來說吧。」

太過一如往常的菲亞，令名為凱蘿琳的女性不知所措，乖乖坐到艾米莉亞拿來的椅子上。

然而，她毫不掩飾不悅的心情，導致剛才祥和的氣氛瞬間一變。講點題外話，莉絲和雷烏斯並沒有停止吃東西。

「所以？幹麼那麼生氣？妳也看到了，我只是在吃飯呀。」

「看來妳那難搞的個性完全沒變。等一下，我弟馬上就要來了。」

「弟弟!?」

跟對方成反比，從容不迫的菲亞，一聽見凱蘿琳提到弟弟隨即大吃一驚。

我正想請菲亞介紹雙方認識，換成一名冒險者打扮的男性出現。

是一名年紀剛稱得上青年的男性，不知為何畏首畏尾的，給人一種不可靠的印象。

「凱、凱蘿姊，妳怎麼突然跑走了？」

「對不起，特斯拉。不過看到她你就知道了。」

「她……啊!?」

青年對我們提高戒心，可是一看到菲亞，便心領神會地點頭。

此時菲亞意識到自己把我們晾在一旁，恢復鎮定，壓低音量將手伸向戴兜帽的女性。

「我想你們也看出來了，她跟我一樣是妖精。我年紀比她大一些。」

「也只差十歲而已。可以不要擺姊姊架子嗎？」

對妖精而言，十年似乎跟半個月差不多。

換言之，她們倆相當於同年，講起話來毫無顧忌。

「那不重要。莎米菲亞……已經回到森林的妳，為什麼會在這種地方？不對，更重要的是妳竟然直接暴露出原本的模樣，妳在想什麼！」

「因為這是聖樹大人的命令嘛。」

「什麼!?那個叫聖樹的傢伙是誰，竟然說這種蠢——咦？聖樹……大人？」

嗯，這反應很正常。

她不可能想像得到這個命令，出自對妖精來說至高無上的存在口中，因此需要一些時間才能理解菲亞所說的話。

等到弟子們吃完飯——其實也沒花太久——凱蘿琳才回過神，我看先提議換個地方聊吧。

我們本來就因為菲亞的關係大受矚目，凱蘿琳的怒吼聲又引來更多目光。

「你們好像還沒吃飯，要不要用完餐再見個面？我想我們都需要跟同伴先商量一遍。」

「凱蘿姊……」

「也、也對。之後會跟你說明，別露出那種表情。」

她並非基於自身的意願，而是因為擔心身旁不安的青年，才如此決定。

於是，我們決定等等再會合，不過……

「繼續和你們說話，其他人搞不好會以為我們也是同一夥的，間接盯上我們。我想選個沒有其他人，無法偷聽的地點。」

「在那邊的房間談不行嗎？」

「我不想給旅館的人添麻煩。可以的話外面比較好。」

他們在這座城市住了將近一個月，受到這間旅館的老闆許多幫助，因此想盡量避免引起騷動。

或者也有可能是企圖陷害我們，不過看菲亞沒在警戒，對方應該是可信的人。與對待父親及愛莎時不同，我感覺到她們的相處模式，有種對等之人才有的自然感。

藉著菲亞的魔法是可以遮蔽我們的聲音沒錯，但既然對方希望如此，就配合一下吧。

外面啊。說到周遭沒有閒雜人等、心懷不軌之輩接近又能立刻發現的地方……只有那裡。

「那我想到一個好地方。誰都無法妨礙。」

「嗯，就在我們的馬車裡談吧。還有可靠的守衛在，只要不被跟蹤，別說看見我們了，連聲音都傳不出去。」

「……好。等等在倉庫碰面就行了對吧？」

「那、那個，這麼容易就相信他們，沒問題嗎？凱蘿姊，妳下決定的速度怎麼比平常還快……」

「雖然很不想承認，因為我太瞭解她了。就算當成是被這幾個人逼的，從她我行我素的程度跟平常沒什麼兩樣來看，至少我不認為這些人會陷害我們。」

「妳很懂嘛。那過一會兒我再聯絡妳。」

「不必。吃完飯我立刻去倉庫。」

說完這句話，凱蘿琳便轉過身去，菲亞站起來示意大家該走了，於是我們也跟著離席。

我們在眾人的注目下離開食堂，照剛才的計畫，前往停放馬車的倉庫。

途中，我確認旁邊沒人後才向菲亞詢問凱蘿琳的情報。

「所以，妳跟她是什麼關係？」

「那個人突然吼妳，害我嚇了一跳。是菲亞小姐的朋友嗎？」

「簡單來說算是兒時玩伴。關係沒那麼好就是了。」

「不過，那個人是因為擔心菲亞姊才生氣，不是嗎？」

「嗯，該怎麼說呢，她是個笨拙的孩子。從小就太一本正經了，常跑來找我吵架。」

凱蘿琳是重視規矩的人，在故鄉看不慣自由奔放的菲亞，經常出言叮嚀她。聽起來像在班上會第一個舉手自願當班長的類型。

然而，她們好像很少和睦地聊天，說實話，感覺有點水火不容，不過……

「她看起來很囉嗦，卻是個本性溫柔的孩子。還有——雖然她本人覺得自己隱藏得很好——凱蘿喜歡可愛的東西，我時常看到她在陪小動物或鳥兒玩耍。」

結果她們都沒辦法發自內心討厭對方。

詳細情況是，菲亞在和年幼的我道別、回到故鄉後，就輪到凱蘿琳外出旅行。

「我真的很高興她沒事。那張囉嗦的嘴巴也跟以前一樣，我有點鬆了口氣，不過……」

「妳在意的是她弟弟對不對？可是不管從哪個角度看，那名男性都是人族……」

「對呀！我從來沒聽說過她在外面有弟弟，怎麼想都是旅途中結識的吧？對外界的人毫無興趣的那孩子，竟然和人族共同行動……看來有必要問清楚一些。」

菲亞露出發自內心的愉悅笑容，好奇她這段時間的經歷。

反觀對凱蘿琳而言，想必在菲亞提到聖樹的名字時，就好奇到不行了。

之後我們進入旅館的倉庫，北斗坐在馬車旁等著。

這間旅館的老闆是人族，擔心讓北斗進入馬廄會嚇到馬，所以牠才跟馬車一起在倉庫待命。

打開倉庫的門，北斗便走了過來，我邊摸牠的頭邊說明狀況。

「……就是這樣，等等麻煩你幫忙注意外面。」

「嗷！」

「大哥，我要不要也到外面？」

「你負責門前。如果有敵人出現，對你動手，把人趕走就好。」

接著，我開始幫北斗梳毛打發時間，等待對方吃完飯。由於是在倉庫內，四周有點灰塵，但趴在地上任由我梳毛的北斗似乎並不介意。

沒多久，不只北斗，連姊弟倆的尾巴都梳理完畢時，倉庫的門靜靜打開，剛才那兩人走了進來。

「久等了，花了點時間才說明——特斯拉！到後面去！」

「哇!?」

然而一看到北斗，他們倆就迅速掏出武器。

北斗的外觀確實是隻巨狼，兼具要是發動攻擊、轉眼就能解決敵人的實力及魄力，但以現在的狀況來說，大可不必警戒到那種地步。

北斗的視線雖然落在他們身上，卻放鬆地仰躺在地，沉浸在梳毛的餘韻中，怎麼看都很療癒。

這副模樣再加上菲亞的說明，使兩人恢復鎮定，馬上收回武器。

「看來又多一件事要問了。難道你說的可靠的守衛……」

「對，就是這傢伙。北斗，拜託你囉。」

「嗷！」

北斗聽從我的吩咐，開門走到室外。

照理說，牠會先在倉庫周圍繞一圈，檢查有沒有人躲在附近。

雷烏斯則守在門前，大家坐到艾米莉亞準備的墊子上，繼續剛才的話題。

「剛剛說不定是我聽錯，所以我再問一遍。妳之所以又出來旅行，還不掩飾身分，全是因為聖樹大人的命令，沒錯嗎？」

「這還用說。來，這就是證據。」

菲亞拿出放在馬車內的師父的弓給她看，凱蘿琳瞪大雙眼，立刻單膝跪地，向菲亞低頭。

然而，她的表情痛苦至極，抬起視線看著菲亞：

「唔……感覺像在對妳下跪，真不爽。」

「別管這種小事。那麼，妳相信我說的話了嗎？」

「都親眼看到那東西了，哪有辦法不相信！啊啊討厭，為什麼妳這種妖精見得到聖樹大人啊。」

凱蘿琳抱著頭納悶不已，名為特斯拉的青年卻只是輪流看著姊姊跟那把弓。

不過，菲亞該說的話還沒說完。

「除了各種巧合外，大概是多虧我遇見了天狼星吧。這個男人是我的戀人，他也得到了聖樹大人的認同喔。」

菲亞對我使了個眼色，於是我從懷裡取出師父給的小刀。

這把刀還是老樣子，看起來只是隨意用木頭削成的，凱蘿琳的反應卻比剛才更加激動。

「不、不會吧……人族竟然能得到聖樹大人的認同。而且莎米菲亞有戀人!?就算是作夢也太誇張了。該不會……是妳在其中牽線，占領了我們的故鄉！」

「不覺得這個假設更誇張嗎？再怎麼逃避現實，眼前的畫面就是一切。」

「嗚嗚……真不敢相信。真不想相信！」

「凱蘿姊，冷靜點。來，看看我的臉。」

跟不上話題的特斯拉，努力試圖安撫混亂的姊姊。

「不好意思，事情這麼複雜，不過有問題之後再問吧。現在我想先解除妳們兩位妖精的疑惑。」

「啊……好的。雖然有一堆搞不清楚的事，我很明白剛才的東西和各位有多厲害。」

青年從跟我們初次見面的時候開始，就一直畏畏縮縮的，不過他的狀況判斷能力及眼光似乎並不差。

在特斯拉全心全意的安撫下，凱蘿琳重新振作起來，菲亞將手對著我們，幫忙介紹：

「正式跟妳介紹一下，他叫天狼星，那些孩子是我的弟妹……」

菲亞簡單介紹完弟子們，凱蘿琳看著我們的目光卻十分銳利。

「話先說在前頭，我可沒有被騙喔。而且我爸也承認了天狼星，什麼都不必擔心。好，輪到妳了。」

「唔……嗚嗚……」

「姊姊……」

「我知道。莎米菲亞以外的各位，對不起，剛才引起了騷動。我叫凱蘿琳，這孩子是特斯拉。」

「嗯、嗯。我叫特斯拉。」

凱蘿琳好像終於放鬆警戒了，掀開兜帽報上姓名。妖精特有的神祕氣質及美貌與菲亞相同，是位將長髮綁成一束大麻花辮的女性。

他們簡單自我介紹完，凱蘿琳無奈地看著我：

「沒想到……竟然有能接受莎米菲亞的人族。世界真大。」

「妳不也是嗎？妳會好好向我們介紹那位特斯拉吧？」

「……不是多愉快的經歷喔。」

菲亞期待地等待她說明兩人是在哪相遇的，凱蘿琳的笑容卻消失在嚴肅的神情之下。

意思是兩個人在一起未必開心嗎？不過他們感情看起來那麼好，實在很難想像。

「這孩子……是小時候被我撿回來的。他是被魔物滅掉的村子的……最後一名倖存者。」

凱蘿琳剛到外界旅遊時，避開人潮走在森林裡，發現一座小村落。

然而，村裡大概是遭到魔物襲擊，杳無人煙，心生同情的凱蘿琳正準備離開時……

「附近的水井傳出小孩的哭聲，我走過去一看，發現這孩子在裡面。」

八成是父母在情急之下把他丟進井裡。拜其所賜，這孩子身上的氣味變淡了，加上魔物就算找到也無法下去井內，只能放棄。

凱蘿琳不忍心放著他不管，將孩子從井裡救出，但他在水中泡了將近半天，變得十分衰弱，再加上撿回一條命使他的精神放鬆下來，昏厥了好幾天。

「好不容易活下來，他醒來的時候卻不記得家人的名字，甚至連自己叫什麼都忘了。所以特斯拉這個名字也是我隨便取的。」

特斯拉被撿到的時候是五歲左右，所以現在差不多十五歲吧。

他身高很高，我還以為年紀會更大一點，結果比想像中還年輕。

「所以我就一面養大這孩子，一面旅行。不知不覺他就長得比我還高了，但個性還是這麼懦弱，傷腦筋。」

「別、別這樣說嘛，我也是有變強的。」

「那就給我挺起胸膛。我承認你有變強，但畏畏縮縮這點還是沒變吧？受不了……長這麼大了，還是讓人放不下心。」

她的話中帶著刺，語氣卻很溫柔，比起姊姊，看起來更接近一位母親。

聽說凱蘿琳喜歡可愛的東西，她是看到年幼的特斯拉，母性本能受到刺激了嗎？

「哎……我能說的就這些。不好意思，不是多愉快的話題。」

「不會，我聽了很高興。一直認為妖精有自己該有的生活態度，不打算信任外人的妳，竟然撿了人族小孩回來，還把他養大了。」

「……心懷不軌的人族只有一部分，特斯拉又不是壞人。」

凱蘿琳紅著臉別過頭，悶悶不樂地咕噥道。

原來如此……難怪菲亞會對她敞開心扉、說她本性不壞。被照顧得那麼好的特斯拉，就是最好的證據。

特斯拉自己似乎也沒被過去束縛住，面帶溫柔的微笑看著姊姊，因此氣氛並不怎麼沉重。

「欸，莎米菲亞，可以跟我說說妳和那個人再度踏上旅程的經過嗎？」

凱蘿琳的表情變得嚴肅了些，催促菲亞開口，菲亞便簡略交代了我跟師父的事。

過了一陣子，待兩人離開後，我們留在倉庫商量。

「……挺複雜的。」

「對呀。雖說有類似的部分，凱蘿的情況比較特殊一點。」

凱蘿琳之所以異常好奇聖樹的情報和我們的關係，竟然是因為有事找我們商量。詳情並不單純，因此我請特斯拉暫時離開，並用菲亞的魔法遮蔽聲音。凱蘿琳要問的是與外人在一起的心情，以及晉見聖樹的方法。

「半個月後，凱蘿琳小姐就必須回故鄉了？」

「她好像在這座城鎮滯留了一段時間，想必是一直在煩惱吧。」

和以前的菲亞不同，凱蘿琳想回故鄉沒有問題，但她身邊還有無法進入森林的人族特斯拉。

也就是說，她不能繼續帶著特斯拉，但她將對方視如己出，不忍拋下他，所以才會留在這座城市不斷猶豫。

就在這時……我們出現了，她得知還有其他可能性。

因此看到菲亞得到聖樹種子，接獲再度到外界旅行的使命，她才會來詢問詳情吧。

「師父可能會因為覺得有趣，就隨便把種子給她。」

「有可能。可是問題不在那。」

「只要變得跟菲亞姊一樣，就能一直和特斯拉在一起，絕對是件值得高興的事，那個姊姊表情卻非常複雜。」

沒錯，問題在於即使如此，凱蘿琳仍顯得猶豫。

要和對妖精來說至高無上的聖樹見面的敬畏之情，再加上「為了區區一個男人拜託聖樹這種事沒問題嗎……」的擔憂——過於正經的個性，導致她下不了決心。

最後她說要再考慮一下，中斷對話，因此我們還沒告訴她如何見到聖樹就解散了。

「不曉得特斯拉是怎麼想的。」

「看起來是統統交給凱蘿決定，這反而害那孩子更猶豫了。」

「雷烏斯，他有沒有跟你說什麼？」

我剛才看到暫時離席的特斯拉，在門前與負責看守的雷烏斯交談。

氣氛十分嚴肅，說不定是在聊凱蘿琳的事。

「可惜他沒說到這部分。只有問我要怎麼變強，還有揮劍的方法跟怎麼鍛鍊身體。」

「是嗎……」

他也很可能是為了凱蘿琳著想才有所顧慮，或許明天最好單獨跟他們談談。

「你考慮得挺認真的嘛。站在我的立場來看值得高興就是了。」

「不知為何，那兩個人就是會讓人想幫忙。」

可能是因為特斯拉和我一樣小時候遭遇過妖精，使我有股親切感，雖然我是救人的那一方。

再說對方是菲亞的摯友，我想盡可能協助他們。

「有件事我很好奇，妳打算怎麼讓凱蘿琳小姐和聖樹大人見面？」

「我不認為光靠傳話那些妖精會相信，我們是不是也該一起回去？」

「是沒錯，但剛離開就回去實在有點……」

只要有辦法將情況告知聖樹，應該就會像我們那時候一樣，派八號來為她帶路。不過就算是師父，樹根也不可能涵蓋到這個地方，非得到附近才有辦法直接告訴她。

在我思考要不要自己一個人回到森林附近，用「傳訊」帶話給師父時，發現菲亞把額頭抵在師父的弓上。

「怎麼了？它在說什麼嗎？」

「這孩子說……沒辦法直接和聖樹對話，不過有辦法得知她的意見。」

「菲亞姊，我聽不懂。」

是在猜謎嗎？

我一頭霧水，但既然有辦法得知師父的意見，就試試看吧。

雖然我不覺得她會讓那兩個人貼冷屁股，不過關於這件事，我想問問師父是怎麼想的。

因此，我們和北斗會合，在菲亞的帶領下離開倉庫，來到有柔軟地面的地方。

「需要用到的東西只有魔石嗎？」

「對，把魔石埋進土裡，放上那把小刀。」

我依她所言，隨便挖了個洞將魔石扔進去，接著立刻埋起，再把師父的小刀刺在上頭。那把小刀是木製的，用「種在上面」形容或許更加貼切。

「用魔石讓土壤充滿魔力嗎？下一步呢？」

「把紅茶淋在小刀上……的樣子。」

「為什麼？」

「不曉得。」

是很符合師父的作風……但這東西說麻煩也挺麻煩的。

提到紅茶就該輪到艾米莉亞出馬，然而燒開水得花些時間，我便趁這段空檔拿了普通的水淋上去。畢竟植物就是要澆水。

「……什麼事都沒發生。」

「師父還會喝湯，要不要加調味料看看？」

「那加點鹽和胡椒吧。」

鹽分雖是植物的大敵，不過聖樹應該沒關係吧。

是說莉絲，我該吐槽妳隨身攜帶鹽巴和胡椒嗎？

在我猶豫該做何反應時，他們將經過調味的水淋在小刀上……仍然沒有變化。

沒辦法，我們只好乖乖等待。直到艾米莉亞把紅茶倒上去……

『啊——！好難喝的紅茶！為了節省時間，茶葉的味道根本沒泡出來。你們以為這種品質就能讓我滿足——』

我將小刀從地上拔出。

「好，今天先休息吧。」

「嗷！」

「嗯，回房重新思考一遍吧。」

看來菲亞也開始懂得如何應付師父了。

「請、請等一等！雖說不是泡給天狼星少爺的紅茶，被給予如此低的評價，我無法當作沒聽見。」

「這樣不太好吧？」

「大哥，我覺得還是認真點，不然之後會很可怕。」

不出所料，也有人制止我們回去，因此我嘆著氣將小刀插回原位。

『……換一杯。』

「好了啦，能說話就快說。」

『拿你沒轍。第一次就特別優待你，下次要準備認真泡的紅茶喔？沒有紅茶休想要我開口。』

事到如今，我根本不驚訝這把刀會說話。

原本是想詢問凱蘿琳和特斯拉的事，當下卻有個更令我好奇的問題，因此我決定先問這個：

「所以……這是什麼？這把刀跟聖樹連接在一起嗎？」

『有點不同。我是由聖樹的意志複製而成的，同時也是獨立的存在。用你知道的東西譬喻，就像一臺小型終端機。』

等於師父隨時都在我身邊嗎？

我還比較想要菲亞那種像小孩子一樣聽話的武器。師父當初給我這把刀時，明明說是小刀，結果卻安裝了奇怪的功能，真想向她抗議。

既然本來的目的是要問那兩個人的狀況，就調整一下心情，回歸正題吧。

『不用說明了，我都有聽見。那兩人真有趣。』

「妳沒道理反對吧？」

『嗯。我等於是透過那些孩子，得知環遊世界的樂趣，所以不介意給他們種子。只不過……』

師父停頓了一下，散發出在凝視遠方的感覺，接著說道：

『全都要看那個妖精想怎麼做。幫我吩咐她在來見本體之前，先決定好自己的未來。』

「好的。我會逼她做決定。」

『還有，你們在煩惱怎麼將這件事告知我的本體對吧？交給我就行了。』

待時機成熟，師父似乎會幫忙準備什麼。

我心想「這樣剛好，能幫我們省點事」，此時小刀忽然發出淡淡光輝，彷彿在彰顯自己的存在感。

『對了對了！有件事想拜託你。』

「別又叫我端紅茶出來。」

『紅茶我留到下次再享用。我想說的是，多用我戰鬥啦。我想盡情發洩，好好感受剁骨切肉的觸感。』

妳是渴望鮮血的妖刀嗎？

我開始懷疑這把小刀該不會受到詛咒了吧，正準備挖開地面回收魔石……

『嗯？挖也沒用。魔石變成沙子消失了喔。』

「妳說什麼!?」

魔石中的魔力，好像全被這把刀吸收掉了。

意思是每和師父說一次話，就要用掉一顆價值數十枚金幣的魔石嗎？

這樣會讓我們的恩格爾係數顯得微不足道，看來以後得盡量避免跟她說話。

『期待你們下次送上正常的紅茶。還有，希望你半個月讓我開一次──』

「妳想害我們破產嗎！」

沒聽完她的話，我就將小刀抽回，扔向待在旁邊的北斗口中。

就如同用來避免家犬蛀牙的橡膠骨，北斗會控制力道，刀子本身又堅固，拿來教訓她再適合不過。

就算是師父，她終究是新人，這個懲罰也是要用來告訴她所謂的上下關係。

順利的話，還能減輕北斗對師父的恐懼感……

「嗷嗚……」

「……可惡。」

百狼那連鐵都能當成紙張撕裂的利牙，完全無法傷及師父的小刀分毫。

這把刀到底有多誇張？

「大哥一遇到跟師父有關的事，就會變得像小孩一樣耶。」

「孩子氣的天狼星少爺也好迷人。」

「不管大哥怎樣妳都喜歡吧？就算他把手插進鼻孔……痛痛痛痛痛!?姊姊對不起！」

這邊則是建立起完美的上下關係。

光聽師父說話，就令我們感到莫名疲憊，直接返回旅館的房間休息。

隔天……我起得比平常還要早一些，帶著艾米莉亞和雷烏斯去旅館外的水井前洗臉，一邊思考今天的行程。

吃完早餐要與那兩人見面，我打算讓凱蘿琳跟菲亞，我則和特斯拉單獨交談，聽聽他們真正的想法。

我從隨侍在旁的艾米莉亞手中接過毛巾擦臉，感覺到熟悉的氣息正在接近。

「大、大家早。」

「早。你也這麼早起啊？」

「每天早上練劍是我的習慣。還有，你們可以直接叫我特斯拉就好。」

看來特斯拉跟我們一樣，也會早起訓練。

好像是他自願的，而不是其他人逼他這麼做，值得稱讚。

「那特斯拉，我們也要簡單做個晨練，要一起嗎？」

「方便嗎？那麼請讓我加入。」

大概是昨晚的對話讓他對我們放下戒心了，特斯拉點點頭，露出符合這個年紀的天真笑容。

在附近伸展的雷烏斯受到影響，也帶著類似的笑容走過來。

「我們的『簡單』可不輕鬆喔。」

「如我所願。因為我想變得跟各位一樣強。」

雷烏斯似乎對他說了我們在鬥武祭上大顯身手的事蹟，那崇拜的視線害我有點難為情。

和特斯拉一起做完晨練後，我對累得倒在地上的他提出幾個問題：

「你想變強，果然是為了姊姊？」

「呼……是的。我……不變強……呼……不行。」

「那你有聽凱蘿琳小姐提到村裡的規定嗎？」

「有的。再過不久……凱蘿姊就得回故鄉對不對？」

他都知道嗎……

早在兩人相遇之初，凱蘿便向他說明過，還再三叮嚀他，要在彼此道別前變強。

「她是想告訴我別太依賴她吧，我聽她說過好幾次了。不過……凱蘿姊漸漸不再跟我說那些，最近甚至完全沒提到。」

八成是因為離別之時將近，凱蘿琳開始猶豫了。

然而，特斯拉將姊姊的迷惘解釋成有點出入的意思。

「我想肯定是因為她覺得我靠不住。我確實相當懦弱，總是躲在凱蘿姊背後……但我認為我的實力已經足以獨自生存。」

「先不說這個了，你不想跟凱蘿琳小姐分開嗎？」

「那是……當然的。不過凱蘿姊不會毀約，也絕對不可能違反妖精的規矩。所以為了告訴她今後可以不必再替我擔心，方便請各位鍛鍊我嗎？只有住在這裡的期間也好。」

特斯拉終於調整好呼吸，站起來深深一鞠躬。

我毫不介意幫忙鍛鍊他，可是在那之前有件事要做。

「其實吃完早餐後，菲亞想跟凱蘿琳小姐單獨談談。如果你不介意等到那個時候……」

「不介意。那我去叫凱蘿姊起床，她平常那麼可靠，只有早上總是起不來。」

特斯拉以為這樣狀況就會好轉，稍微放心了些，微笑著回到旅館。

「大哥，怎麼辦？」

「我當然會遵守約定。在短時間內好好訓練他……」

「……希望他別死。」

在好的方面跟不好的方面，特斯拉都徹底繼承了凱蘿琳一本正經的個性。

正因為是局外人，我才想將兩人間的誤會解開。

—— 莎米菲亞 ——

吃完早餐，我留意著別被其他人發現，帶凱蘿來到旅館的房間。

天狼星領著特斯拉到外面去訓練了，其他人則在另一間房間等待，因此這裡只有我和凱蘿兩個人。

我拜託風精靈防止聲音傳到房外，詢問坐在桌子對面的凱蘿：

「這樣就行了……好，繼續昨晚的話題吧。妳決定之後要怎麼辦了沒？」

「……真的有辦法見到聖樹大人？」

「等等會告訴妳。可是呀，在那之前我想先搞清楚一件事。」

得讓她明確回答先不管那些芝麻小事，未來是否也想繼續跟特斯拉在一起。

聽見我的提問，凱蘿不悅地瞪過來，我默默盯著她看，凱蘿一字一句地開始述說：

「……我不知道。我不想跟那孩子分開，最近卻常常不敢正眼看他……」

「不是因為討厭他吧？」

「才不會！他可是我又疼又放不下的弟弟喔？不喜歡的話……哪可能跟他在一起。」

「喜歡也分成很多種喔？有姊弟之間親情方面的喜歡，也有男女之間愛情方面的喜歡。」

「怎麼可能！特斯拉是個孩子耶？」

「要說『還是』……才對吧？人族成長得很快，那孩子……很快就會變成一位成年男性。」

事到如今也無須再提，凱蘿對戀愛一竅不通。

八成是本來只把他當成小朋友疼愛，隨著他逐漸成長為青少年，下意識開始將他當成一名男性看待。尤其是身高被追過，想必對她造成了不少影響。

然而……以姊姊的身分、母親的身分和他相處的凱蘿本人，並未察覺那層變化。再加上救回一條生命（特斯拉）的責任，以及必須遵守族規的義務感，導致她混亂得無法釐清思緒。

正因如此，我必須向她點明。

「此刻我能說的，就是如果妳就這樣回到故鄉，絕對會後悔。時間或許能治癒它，但妳勢必會痛苦百年以上……不對，以妳的個性會一直痛苦下去吧。」

「所以妳是要我跟他在一起？打破規定，不惜對聖樹大人無禮也要陪伴著他，最後……」

「嗯，因為人族和我們不同，壽命十分短暫。」

「妳不後悔嗎！看著那孩子……看到心愛的人老去、死去的模樣，妳不會難過嗎！」

「我會哭。天狼星走了，我絕對會大哭。可是……」

總覺得我還有可能因此釋放魔力，引發災難級的龍捲風……

「我也絕不後悔。因為到了那個時候，會有很多事要做。」

我們應該會生一堆孩子，不只那些孩子，也得照顧孫子們，我還背負著這麼重要的任務。

況且加上艾米莉亞跟莉絲，孩子會變成三倍，照理說不會有時間沉浸在悲傷中。

「雖然不到那個時候不會知道，唯有與天狼星在一起這件事，我不會後悔。就算聖樹大人想否定，我也會堅持自己的決定是正確的。」

「我只覺得這叫死不服輸。不過……我有點羨慕。妳那麼喜歡那個人族啊。」

「對呀。妳不也是嗎？所以才在猶豫吧？」

「…………」

「答案只存在於妳心中。聖樹大人……那個，在各種意義上很寬容，妳去向她坦白應該也不會罵妳。」

「……中間那段沉默是什麼意思？」

「相信實際跟她見過面的我吧！總而言之，先把聖樹大人和規定全部忘記，面對自己的內心得出答案。現在！」

「現在!?」

妳該意識到特斯拉是一名男性了。

我不會叫妳變得跟我一樣，起碼試著稍微放鬆點。

必須回到妖精村的時間也近在眼前，至少要整理出對特斯拉的答案——正當我準備開口，理應上了鎖的門忽然被開啟，一群陌生男子侵入房內。

「有了有了！發現小妖精了……嗯!?」

「怎麼，有兩隻妖精耶！而且這邊這隻……是那個總是遮住臉的女人。身上的衣服一樣。」

「沒想到這傢伙也是妖精，真是值得高興的失算。」

明顯是盯上我們的惡棍。

他們有辦法隨便開鎖固然令人在意，不過最大的失誤是凱蘿的臉被看見了。

被人發現自己的妖精身分，凱蘿嚇了一跳，但她的表情立刻轉為憤怒，狠狠瞪向入侵者：

「我本來就覺得你們很無聊，真沒想到會擅自闖入別人的房間。」

「妳認識這些人？」

「我們在公會找委託接案的時候，他們一直糾纏不清。」

即使沒發現她是妖精，一樣有不少人被凱蘿神祕的氣質吸引，想找她入夥。

凱蘿當然全部拒絕了，其中卻有一批不死心的人跑來纏著她。

「你們幾個，這明顯是非法入侵喔？如果你們肯立刻向我們和老闆道歉，我也不是不能睜一隻眼閉一隻眼。」

「不不不，我們可是跟老闆商量過，親自借來鑰匙的喔？」

「難說。我不認為你們有這麼和善。」

可能是靠威脅手段，也有可能老闆跟他們本來就是一夥。

無論如何，既然知道目標是我們，就該盡速擊退這些人。

我已經聯絡艾米莉亞他們了，靠前後包夾逮住這群男人吧。

以雷烏斯的腳程很快就會趕到，所以我叫凱蘿幫忙爭取時間，然而……

「你、你們幾個！想對凱蘿姊做什麼！」

比任何人都還要早出現的，是撞破窗戶颯爽登場的特斯拉。

——天狼星——

儘管時間不長，和特斯拉做完訓練，返回旅館時，氣氛有點不對勁。

我走到旅館附近，察覺到危險的氣氛，迅速發動「探查」，偵測到菲亞和凱蘿琳所在的房間有數個陌生氣息。

我告訴特斯拉，那些人八成是來抓菲亞的，他沒聽我講完便飛奔而出，從建築物外側繞過去，撞破窗戶殺進房內。

看來平常懦弱的他，知道姊姊有危險就一口氣進入狀態了。

我立刻跟上，隨後特斯拉將凱蘿琳護在身後，與三名面目猙獰的男子對峙。

「你、你們幾個！想對凱蘿姊做什麼！」

「怎麼？還以為是誰來了，原來是那個沒種的小子。」

「不像之前那樣，這次我可不會放過你。乖乖躲進被窩發抖吧。」

「特斯拉，讓開。那些人盯上的是我們，你到後面去。」

訓練途中，我聽說他們倆在這座城市探詢委託時，被一群可怕的人纏上。

當時特斯拉被對方的氣勢嚇到，什麼都做不了，最後是凱蘿琳出面趕走他們的，而那群人似乎就是眼前這幾位男性。事實上，此刻特斯拉的雙腿正微微發抖。

凱蘿琳見狀，叫特斯拉退下，特斯拉卻搖頭握住佩劍：

「……不要。這次輪到我保護凱蘿姊了。」

「特斯拉？」

目睹弟弟出乎意料的舉止，凱蘿琳嚇了一跳，特斯拉面向前方大吼：

「凱蘿姊，妳看好。我要讓妳明白……我已經可以獨當一面，我變強了！」

「嘖，有人過來了。趕快解決掉。」

「沒種小子搞什麼鬼啊，竟敢拿武器對著我們，就如你所願。」

男人們抽出劍與匕首，步步逼近，特斯拉沒有理會凱蘿琳的勸阻，上前和他們纏鬥起來。

與此同時……我從破掉的窗戶進入屋內，站到持續戒備的菲亞旁邊。

「帥氣的登場時機被人搶走了呢。你不去幫忙嗎？」

「我才想問妳什麼事都不做嗎？不過……妳也看到了。」

「是啊，沒必要幫忙的樣子。」

明明要同時與三人為敵，特斯拉卻用手中的劍俐落地抵擋攻勢，不時發動反擊，徹底壓制住敵人。

動作相當洗練，完全不像被人罵沒種的男人的戰鬥。

我很想說這是拜我的訓練所賜，但我做的事並不多。

因為……特斯拉已經夠強了。

為了保護凱蘿琳而拚命鍛鍊的他，實力堅強，這些貨色就算來十個也不是他的對手。

我是透過今天早上的訓練得知的，至少他擁有足以和雷烏斯切磋的程度。

而他所缺乏的，是「膽量」這種精神層面的東西。

不曉得是因為曾被魔物襲擊，還是一直活在凱蘿琳的庇護下，特斯拉會反射性懼怕對手，無法充分發揮實力。

因此，我在剛才的訓練中對他下了劑猛藥。

「你在這麼短的時間內做了什麼？他的動作變得截然不同了。」

「看他的衣服就知道了吧。雷烏斯也經歷過。」

「啊……原來。」

菲亞似乎發現他的褲子和稍早那件不一樣了。

我對特斯拉做的，僅僅是讓他持續面對我與北斗的殺氣。

並非自誇，至少在這一個世界，沒多少人能釋放比我和北斗更強的殺氣，因此只要實際感受過，就不可能再去害怕隨處可見的小嘍囉。講白點就是習慣了。

萬一做得太過火，可能會害他心靈受創、對精神方面造成影響，但我看過他之前的表現，判斷不會有問題，才採取這個手段。

「我用跟姊姊有關的事刺激他，他馬上就拿出氣勢和幹勁了。」

我告訴他，若能承受住我的殺氣，凱蘿琳應該也能放心送你離開，他便漂亮地撐過訓練。

儘管還有幾分危險，如我們所料，特斯拉順利應戰著，等艾米莉亞他們趕到時已經全數告一段落。

他毫髮無傷地將所有人——包含之後出現的兩名援軍——五花大綁，走向凱蘿琳，對她展露笑容。

「凱蘿姊，妳看到了嗎？」

「……你不知不覺變得這麼強了呢。」

「好像是。要不是有天狼星先生提醒，我都沒發現。」

「當然呀。因為你總是躲在我身後……不對，是我一直擅自擋在你前面嗎？」

說來諷刺，凱蘿琳理應是為了保護弟弟才挺身而出，卻阻礙了特斯拉成長。

然而經過這起事件，凱蘿琳應該會將特斯拉當成一名男性看待，而非弟弟。菲亞的目標順利達成，事情就這樣落幕了吧。

雖然還有一件事要做，但現在得先修好窗戶，再向旅館老闆解釋情況。

本想先處理被綁起來的人，下一秒特斯拉卻突然倒下，凱蘿琳急忙抱起他，讓莉絲幫忙檢查。

「……嗯，他只是累得睡著罷了，沒事的。休息一下就會清醒。」

「八成是緊繃的神經鬆懈下來了。畢竟不久前才嘗過好幾次死亡近在咫尺的滋味。」

「喂，你對特斯拉做了什麼！要是你敢勉強這孩子……」

「停停停，這樣不行啦。男生這麼努力，妳也該學會在一旁默默守候他呀。」

「唔……」

被人指責過度保護，凱蘿琳一句話都無法反駁，我們將她交給菲亞照顧，著手整理屋內。

之後……雷烏斯將襲擊兩人的那群男子交給城裡的衛兵。

向旅館老闆確認後，他似乎是因為遭到威脅，才把房間鑰匙交出去，不過他真正害怕的是那些人背後的存在。

根據我隻身調查的結果，那是在城市暗地行動的其中一個組織，剛才那些人是他們的同夥。

當天晚上……為了完成最後的任務，我跑去與該組織接觸，當面和首領商量。

「……沒想到傳聞中的那號人物會直接殺過來。老實說，我並不想跟鬥武祭的冠軍，或是帶著那種怪物的人扯上關係……傷腦筋啊。」

對方似乎也很清楚我的情報，姿態雖高，卻沒有要動手的跡象。

「因為我想早點處理掉麻煩事。所以……你自己並沒有打算綁架妖精對吧？」

「嗯，我沒下達那種命令。八成是幾個小夥子自作主張。」

未調查清楚我們這邊的戰力，再加上反應太慢，以組織犯罪來說還多等一個晚上才對她們出手，使我覺得很奇怪，看來果然是個人的獨斷專行。

我本來打算依凱蘿琳他們的反應，來判斷要不要由我們扮黑臉。那群人來找碴，就結果而言或許算是件好事，不過還是得好好收拾殘局。

「我沒打算與怪物級的一幫傢伙為敵。妖精雖讓人很感興趣，但我答應今後不再對你們出手。」

「感謝你這麼好說話。還有，能請你放棄襲擊我們的那些人嗎？」

「……隨你處置。如果這樣就能達成協議倒也划算。」

對整個組織造成的傷害，以及自作主張的手下的性命，根本比都不用比。

取得首領的允許後，我迅速離開，前往關押著那些人的衛兵營牢房。

之所以做到這個地步還有其他理由，不單只是因為他們盯上了菲亞。

「得讓那兩個人無後顧之憂才行……」

這些傢伙知道凱蘿琳是妖精了。

倘若她要效法菲亞，再次前往外界旅行，目擊者當然能少一點是一點。

我希望跟我和菲亞有相似之處的那兩個人，旅程愈平穩愈好。

隔天……聽說那些男人死在衛兵營的牢房中，不過已經先一步離開城鎮的凱蘿琳他們無從得知這件事。

早上……我們在還看得見朝霧的城外集合，為兩人送行。

「何必這麼早走？」

「那群男人知道我是妖精了喔？雖然他們落網了，早點離開不會有壞處。」

目擊者已經由我收拾掉，大可不必著急，但為了避免他們疏於戒備，我什麼都沒說。

在那之後，或許是沒那麼猶豫了，凱蘿琳顯得比昨天更有精神，菲亞將一根小樹枝遞給她：

「到村子附近時，將這根樹枝插進地面。這樣聖樹大人的使者應該就會來接妳。」

順帶一提，那根樹枝是從師父的小刀生長出來的，這正是之前師父說的與聖樹本體聯絡的方法。

將附帶情報的樹枝插進地面，樹根就會讀取枝枒上的情報，傳達給本體，原理類似我上輩子的記憶卡。

凱蘿琳恭敬地接過樹枝，又看了我們一眼，緩緩一鞠躬。

「雖然時間不長，感謝你們的照顧。」

「我才該向妳道個歉，都是我害妳被波及。不過就結果來說是好的，妳不會介意吧？」

「唉……就只有妳讓我不想道謝……但我很慶幸能再見到妳。」

「真不老實。再送一個禮物給不老實的妳。」

菲亞掏出一對耳環，凱蘿琳納悶地接過。

「那是魔導具，戴在身上發動就能藏住耳朵。妳應該比現在的我更需要這東西，所以送給妳。」

那是我做給菲亞的禮物，昨天我們商量過後，決定將它轉送給凱蘿琳。

若要繼續旅行，他們和我們一行人不同，人數較少，最好藏著耳朵。

問題在於師父能否接受，然而昨晚和她交涉過後，她似乎願意允許凱蘿琳不露出耳朵。

不僅害我又消耗掉一顆魔石，還得定期泡紅茶給她喝，這個承諾我絕對要讓她遵守。

「妳……是不是有什麼企圖？」

「幹麼懷疑我呀。好啦，乖乖收下就對了。」

「哼！難得的好東西，我就心懷感激地拿來用囉。再見，莎米菲亞。」

這段對話實在不像在道別，不過，她們兩個大概一直是這種相處模式吧。

兩人都帶著得意的笑容，凱蘿琳還在轉身瞬間悄聲向菲亞道謝，實在很溫馨。

最後，特斯拉向我們低頭致謝。目送他們朝妖精村的方向邁步後，我們開始走回旅館。

「……凱蘿琳小姐會怎麼選擇呢？」

「誰曉得呢？不管她要繼續跟特斯拉旅行，還是留在故鄉，我們總有一天會再見面，到時就明白了。」

剩下全看她自己的意志，已經沒有我們能幫上忙的地方。

就如菲亞所言，慢慢等待遲早會知道的結果吧。

走回旅館的路上。

菲亞忽然回首望向凱蘿琳離去的方向，看了我一眼，一副深感遺憾的樣子把手按在臉頰：

「是說，那孩子跟我的處境真的很類似。」

「是啊。不過細節差滿多的吧？例如救人的那一方。」

「我想說的不是那個。啊啊——真想看看像特斯拉那樣對我撒嬌的天狼星。」

「如果當時的我愛跟妳撒嬌，妳會喜歡上我嗎？」

「這個問題好難回答。不過……我想無論是什麼樣的你，我都會喜歡。」

毫無根據，菲亞卻信心十足地回答。

旁邊的艾米莉亞和莉絲彷彿被菲亞燦爛的笑容影響，跟著點頭附和。

「我懂！我也和菲亞小姐一樣。」

「嗯，我也這麼覺得。」

「雖然用這種話解釋有點那個，我喜歡上天狼星，絕對是命中註定……一定是。」

——凱蘿琳——

我和特斯拉的生活，始於我從水井裡救出他，他因為寂寞與恐懼緊緊攀在我身上的那一刻。

可愛的他令我無法坐視不管，本來打算以後再幫他找戶親切的人家收養，結果不知不覺，跟他在一起就成了日常。

本來對外面的世界沒什麼興趣，不過看到笑著品嘗美食的他，以及因罕見的景色而雀躍不已的他，我也逐漸對外界產生了好奇心。這是祕密。

「姊姊，待在我身後！」

看到特斯拉變得判若兩人，主動上前戰鬥，我重新思考起來。

以特斯拉現在的實力，就算沒有我，一定也活得下去。

不過，我還是放不下他。

無論他變得多強，跟那群男人戰鬥時都沒有考慮後果，還在戰鬥結束的同時昏倒，在最後關頭鬆懈下來。

我還得繼續看著這個傻孩子。

當然會控制在不被莎米菲亞碎念過度保護的程度。

還有……現在我們雖然是家人，這孩子會不會有把我當成女人看待的一天呢？

假如他對我傾訴愛意，我……

「哇!?」

「凱蘿姊！沒事吧？」

不曉得是不是因為在想事情，我不小心被石頭絆到。

特斯拉對我伸出手，我有點猶豫，最後依然握住了他的手。

過去用我的手包覆住的特斯拉的手，如今變得比我還要大。

人族真的……成長得很快。

所以我也……

數年後……

我們帶著聖樹大人賜予的劍和弓，與莎米菲亞一行人重逢，介紹孩子給他們認識……又是另一個故事了。

後記

各位，好久不見。我是ネコ。

我個人的目標——第十集終於發售。同時從這一集開始，封面也換了一種風格。包含具有神祕魅力的菲亞在內，畫了許多精美插圖的Nardack老師。由於我做事不夠細心的緣故，給您添了許多麻煩的責編大人，以及協助本作出版的各位相關人士。還有……願意拿起這本書閱讀的讀者們，真的十分感謝。

總之只要還能寫，我會一直寫下去，今後也請多多關照。

關於值得紀念的第十集，原本的網路版內容太少，導致它成了目前頁數最少的一集。

我想這集八成是給實體書用的加筆短篇占最多頁數的一集。

其實寫加筆短篇時，截稿日已經迫在眉睫，我很擔心到底寫不寫得出來。

不過師父這個脫離常識的角色幫了我一把，總算趕在時間內寫完了。雖然內容幾乎可以說是純喜劇，希望大家看得開心。

還有一些篇幅，所以我在這邊講點創作祕辛吧。

在本集初次登場的天狼星的師父，其實還有另一種設定。

數十年後的未來，天狼星被捲入某種超常現象，傳送到前世的世界，卻因為時間錯亂的關係回到過去。

然後，他遇見上輩子年幼的自己，為了改變未來而鍛鍊他……也有這種類似時間跳躍的設定案。

不過因為後續設定可能會很麻煩的關係作廢了，除此之外應該還有許多我忘記做筆記，就這樣消失不見的題材。最近我變得十分健忘，真傷腦筋。

好了，我想這次就到此為止。

但願下次也能將天狼星他們的故事送到各位手中……再會。

WORLD
異世界式教育特務
TEACHER

WORLD
異世界式教育特務
TEACHER

浮文字

WORLD TEACHER 異世界式教育特務10

（原名：ワールド・ティーチャー -異世界式教育エージェント- 10）

著　　者／ネコ光一
封面插畫／Nardack
譯　　者／Runoka
發 行 人／黃鎮隆
副總經理／陳君平
企劃宣傳／邱小祐、劉宜蓉
副　　理／洪琇菁
美術編輯／李政儀
國際版權／黃令歡、李子琪
執行編輯／楊國治
文字校對／梁瓏、施亞蒨
文字排版／謝青秀

出　　版／城邦文化事業股份有限公司 尖端出版
台北市中山區民生東路二段一四一號十樓
電話：（〇二）二五〇〇—七六〇〇
傳真：（〇二）二五〇〇—二六八三
E-mail：7novels@mail2.spp.com.tw

發　　行／英屬蓋曼群島商家庭傳媒股份有限公司城邦分公司 尖端出版
台北市中山區民生東路二段一四一號十樓
電話：（〇二）二五〇〇—七六〇〇（代表號）
傳真：（〇二）二五〇〇—一九七九

中彰投以北經銷／楨彥有限公司（含宜花東）
電話：（〇二）八九一九—三三六九
傳真：（〇二）八九一四—五五二四

雲嘉經銷／智豐圖書有限公司 嘉義公司
電話：（〇五）二三三—三八五二
傳真：（〇二）二三三—三八六三
客服專線：〇八〇〇—〇二八—〇二八

南部經銷／智豐圖書有限公司 高雄公司
電話：（〇七）三七三—〇〇七九
傳真：（〇七）三七三—〇〇八七

一代匯集／香港九龍旺角塘尾道六十四號龍駒企業大廈十樓B&D室
電話：（八五二）二七八三—八一〇二
傳真：（八五二）二五八二—一五二九
E-mail：hkcite@biznetvigator.com

新馬經銷／城邦（馬新）出版集團Cite（M）Sdn. Bhd.
E-mail：cite@cite.com.my

法律顧問／王子文律師 元禾法律事務所
台北市羅斯福路三段三十七號十五樓

二〇二〇年八月一版一刷

■中文版■

郵購注意事項：
1.填妥劃撥單資料：帳號：50003021戶名：英屬蓋曼群島商家庭傳媒(股)公司城邦分公司。2.通信欄內註明訂購書名與冊數。3.劃撥金額低於500元，請加附掛號郵資50元。如劃撥日起 10～14日，仍未收到書時，請洽劃撥組。劃撥專線TEL：(03)312-4212 ・ FAX：(03)322-4621。E-mail：marketing@spp.com.tw

國家圖書館出版品預行編目資料

WORLD TEACHER異世界式教育特務 / ネコ光一作.
-- 1版. -- [臺北市]：尖端出版：家庭傳媒城邦
分公司發行, 2020. 08-
冊；　公分
譯自：ワールド・ティーチャー：異世界式教育
エージェント
ISBN 978-957-10-9060-3 (第10冊：平裝)

861.57　　　109008739